Johannes Girmindl

Der Schreiber

Roman

AF176206

Bibliographische Information der Deutschen Nationalbibliothek:

Die Deutsche Nationalbibliothek verzeichnet diese Publikation in der Deutschen Nationalbibliographie; detaillierte bibliographische Daten sind im Internet über http://dnb.dnb.de abrufbar

© 2022 Johannes Girmindl

Herstellung und Verlag: BoD – Books on Demand, Norderstedt

ISBN: 9783756827831

Johannes Girmindl

Der Schreiber

Roman

Minutenlang hatte er regungslos über dem leblosen Körper verharrt. Es regnete immer noch ohne Unterlass. Sein Atem ging nun wieder regelmäßig und langsam. Er war nass bis auf die Haut, aber er fühlte sich sicher. Der Regen würde das Übrige tun und die Spuren verwischen, nichts würde auf ihn hindeuten. Die Frau, die ihn mit offenen und starren Augen anblickte war tot. Ihre Schreie waren im Fallen des Regens untergegangen. Noch während er seine Hände fest um ihren Hals gelegt hatte, war das Leben aus ihrem Körper gewichen, hatte sich verflüchtigt und war in die Atmosphäre übergegangen, um sich mit all den anderen Energien zu vereinen. Zurück blieb er. Umgeben von Bäumen und Wald, kniend im Unterholz, nahe der Lichtung, auf der er tagelang gewartet hatte. Die Wartezeit war nun vorüber.

(DER WALD, 2005)

1

„Niemand kennt seinen richtigen Namen."

„Das glaub ich nicht, irgendwer muss ihn ja kennen, zumindest der Verlag, oder sein Agent."

„Wahrscheinlich die, ja, klingt vernünftig, aber sonst kennt ihn halt niemand. Der macht ja auch keine Lesungen."

„Eigenartig, oder auch nicht. Auf jeden Fall schreibt er wahnsinnig gut, fesselnd, wie man so sagt."

„Das kannst du laut sagen, der hats richtig drauf. Da kann Stephen King einpacken."

„Les ich aber auch recht gerne."

„Ist eh ok, hat aber nicht diese Dichte, die es eben nur bei Messmer gibt. Und außerdem läuft bei King alles nach Schema ab. Wenn du da einige gelesen hast, dann kennst du alle."

„Stimmt. Fast immer gibt's den Lehrer, den Typen, der seine Frau schlägt, die Frau, die ihren Typen mit einem anderen betrügt und wenn Kinder vorkommen, dann gibt's den klugen, der einmal Schriftsteller wird, den Dicken oder den mit der Brille-„

„Genau, und spielen tut das alles in Castle Rock oder in Bangor."

„Oder in Derry!"

„Oder in Derry."

„Auf jeden Fall kennt man schon alle, bevor man die ersten hundert Seiten gelesen hat."

„Ja, und bei Messmer ist das eben nicht so. Die Figuren sind real und nicht austauschbar, die Darstellungen der Gewalt sind notwendig aber nicht Selbstzweck und das was wirklich das Spannendste ist, es kommt einem so vor, als ob man dabei wäre, als ob man die Gedanken des Killers lesen könnte, seine Beweggründe spüren."

„Was du alles spürst, aber du hast Recht, er versteht sein Handwerk."

„Es ist mehr als nur das!"

Tom schnippte seine Zigarette auf die Straße kurz bevor beide um die Ecke bogen und vor dem Eingang ihrer Schule standen. Es würde das letzte Jahr für sie beide sein, vorausgesetzt ihre Leistungen würden den Mindestanforderungen Genüge tun. Den Weg in die Garderobe nahmen Marc und Tom gemeinsam, dann aber trennten sie sich. Ihre Klassen lagen nicht nur nicht im selben Stockwerk, sie befanden sich auch in unterschiedlichen Flügeln des Schulgebäudes. Klasseneinteilungen hatten noch nie wirklich Sinn ergeben oder einen größeren Plan dahinter erkennen lassen. Als würde jedes Jahr kurz vor Schulbeginn munter drauf los gewürfelt werden, um Schüler und Schülerinnen schon von Beginn an zu verwirren und ihnen jeden Sinn für Logik und Struktur rauben zu wollen. Als Vorbereitung aufs Leben, sozusagen. Die Tage vergingen, oder wollen wir es präziser formulieren, verschleppten sich nicht allzu schnell, sodass es sich anbot, entweder im Hier und Jetzt zu verweilen, oder einfach in der eigenen Welt abzuhängen. Oder in Messmers Welt.

Heutzutage las niemand mehr, schon gar nicht die Jungen. Und wenn man es genau betrachtete, war das nicht nur so einfach daher gesagt, es waren die Ausnahmen, die solche Sätze ad absurdum führten. Natürlich wurde gelesen, weniger als früher vielleicht, alles war möglich, aber dass gar nicht mehr gelesen wurde, entsprach, wie schon erwähnt, nicht der Realität. Natürlich könnte man auch darüber diskutieren ob es einen Unterschied machte, wenn es um die Inhalte ging, in welcher Form Literatur stattfand. Doch war es nicht wichtig, dass überhaupt gelesen wurde, dass überhaupt Bücher verwendet, Seiten umgeblättert und Schutzumschläge abgerieben wurden? Somit war es auch in Ordnung, wenn Messmer gelesen wurde. Er hatte ohnehin nicht allzu viele Bücher verfasst und seine Werke stellten auch keinen Versuch der Unterwanderung, der Moral des gut bürgerlichen Elternhauses dar. Ein wenig Blut, ein paar Horrorelemente, grundsätzlich auf den ausgetretenen Pfaden des Thrillers unterwegs, das waren keine Bestandteile subversiver Untergrundliteratur, die eine Revolution anzetteln wollte. Im Gegenteil, seine

Bücher ließen sogar etwas von Heimat zu, und das nicht im Sinne eines nationalistischen Begriffes. Messmers Heimat war das Land in dem er selbst lebte, in welchem seine Geschichten spielten, das Land mit all seinen positiven und seinen negativen Facetten. Messmer brauchte sich keine Gedanken machen, dass er von einer, für sich wahrnehmbar, falschen Seite vereinnahmt werden könnte und die opportun Richtige hatte bisher auch noch kein ehrliches Interesse an ihm gezeigt. Das war aber auch gänzlich egal. Messmer zu vereinnahmen wäre eine Kunst für sich gewesen, denn es gab keinerlei öffentliche Auftritte, keine Lesungen, er erschien zu keinen Preisverleihungen und die wenigen Interviews, die es mit ihm gab, waren alle schriftlich erfolgt. Er hatte knapp aber offen seine Antworten schriftlich übermittelt, der Verlag hatte in diesen Fällen als Schnittstelle fungiert und somit zumindest ein wenig die Nachfrage und Neugierde nach dem großen Schreiber befriedigen können. Mit der Zeit hatte sich das Feuilleton damit abgefunden und das permanente Nachfragen eingestellt. Messmer war, und auch gerade aus diesem Grund, ein relativ einfacher Fall. Er lieferte pünktlich seine Bücher ab und sie wurden umgehend ein Erfolg für Verlag und Autor. Ende der Geschichte. Keine Skandale, keine Differenzen, keine Vorschüsse, die dann nicht zurückgezahlt werden konnten, weil das ausschweifende Leben des Starautors finanziellen und kreativen Tribut forderte. Messmer war pflegeleicht und seine Bücher verkauften sich wie die sprichwörtlichen warmen Semmeln.

Ein lokaler Horrorthriller – das Grauen lauert nebenan. Jeder kann es sein, jeder kann ihn kennen. Sind sie nicht selbst gerne Gast?

Aus der Werbebroschüre zu ANGERICHTET, 2004

2

„Den *Lehrer* hast du gelesen?"

„Na klar, der kam raus, als ich gerade begonnen hatte, seine Bücher zu lesen."

„Also liest du Messmer noch gar nicht allzu lange?"

„Seit zwei Jahren. Meine erstes war *Der Metzger*. Ich musste mich einmal fast übergeben."

„Echt?"

„Ja, bei der Stelle, wo er beschreibt, wie das Fleisch und die Sehnen und all die Häute vom Knochen entfernt werden."

„Und er dann die Knochen zerkleinert in dieser Mühle, nachdem er sie aufgebrüht hat."

„Ja, hör auf damit, ich fand das richtig eklig."

„Ja, war es, aber im Vergleich zu anderen Büchern, gab es einige Längen. Und wenn du sie in der richtigen Reihenfolge liest, dann bemerkst du, dass er sich selbst kopiert hat, es gibt da vieles, das schon in *Angerichtet* beschrieben wurde."

„Stimmt, bei *Angerichtet* musste ich immer daran denken, dass ich vieles davon schon im Metzger gelesen hatte."

„Und es ist genau umgekehrt. Da hatte er einen Durchhänger. Er beschreibt zwar immer noch sehr dicht, es ist aber das eine Buch, das für mich am wenigsten nachvollziehbar ist."

„Den Kannibalen in *Angerichtet*, den kannst du nachvollziehen?"

„Naja, er hatte einfach diesen Knacks. Er musste wachsen durch das Fleisch anderer. Der Metzger schlachtete lediglich und verkaufte das Fleisch an seine Kunden. Da gab es relativ wenig psychologischen Hintergrund. Es war ja nicht wie bei Haarmann, waren ja keine Notzeiten. Irgendwie war es mir zu konstruiert, nicht organisch genug."

„Organe kamen aber ordentlich viel vor."

Tom öffnete die Chipstüte und leerte deren Inhalt in die Glasschüssel auf dem kleinen Couchtisch. Marc lag auf seinem Bett und starrte an die Decke. Dann drehte er sich zu Tom, der gerade einen Kartoffelchip in seinen Mund schob.

„Und den Priester?"

„Welchen Priester?"

„Na, *Der Priester*?"

„Den gibt's gar nicht."

„Nur als Manuskript. Es wurde interveniert, der Verlag hat ihn dann einfach nicht veröffentlicht. Hat Messmer ein horrendes Honorar bezahlt und das Buch landete im Giftschrank."

„Wieso? Und wer hat da interveniert?"

„Na was glaubst du wer da interveniert hat. *Der Priester*, hm."

„Die Kirche?"

„Genau, die wollten nicht schon wieder einen Skandal, die hatten mit all ihren anderen Geschichten schon genug zu tun."

„Und warum wollten die die Veröffentlichung verhindern? Ich meine, solche Geschichten gibt's doch wie Sand am Meer."

„Weil Messmer darin seine Schulzeit verarbeitete. Er war ja ein paar Jahre lang in einer Klosterschule gewesen. Da nahm er sich kein Blatt vor den Mund. Angeblich kamen da drin Szenen vor, die auch Leute betrafen, die immer noch etwas zu sagen hatten, in der Kirche; die die Leiter hinaufgefallen waren."

„Wann war das?"

„Ich glaube es war nach *Der Wald*. Ja, es hätte nach *Der Wald* erscheinen sollen."

„Ist es aber nicht."

„Richtig, deswegen auch die drei Jahre zwischen *Wald* und *Unterwegs*."

„Und den Priester hat bisher also niemand gelesen?"

„Doch, natürlich. Er stand ja kurz vor der Veröffentlichung. Das Manuskript war ja lektoriert worden, es gab die üblichen Überarbeitungen und Änderungen und es gab einen Andruck für die Presse, damit schon vor Erscheinen rezensiert werden kann."

„Und dann?"

„Na irgendwie drang das Ganze zu den offensichtlich falschen Stellen durch, die haben dann interveniert."

„Und die Kirche kann einfach so sagen, ihr dürft das nicht drucken?"

„Natürlich kann sie das nicht. Aber wenn sie Anteile am Verlag hält oder andere Interessen verwoben sind, dann geht das schon. Es ist ein kleines Land und die Mächtigen haben eben Macht."

„Wahnsinn. Und wie kommt man zu so einem Exemplar? Es wurden ja zumindest ein paar gedruckt. Also Rezensionsexemplare."

„Gar nicht, nehme ich an. Man müsste schon Zugang zum Verlagsarchiv haben, oder überhaupt wissen, wo die Kopien lagern, wenn es welche gibt. Keine Ahnung auch wie viele es davon noch gibt. Vielleicht haben ja ein paar den Weg nach draußen gefunden und stehen im Bücherregal eines Journalisten. Das einzige was man aber sicher weiß ist, dass dieses Buch geschrieben worden ist. Es gab offizielle Ankündigungen, einen Erscheinungstermin, der wurde dann verschoben und das wars dann auch schon gewesen. Kein Buch, kein Garnichts."

„Ich muss eines davon haben."

„Ja, träum weiter. Wie willst du so ein Exemplar bekommen?"

„Von Messmer selbst."

„Viel Glück."

„Wie meinst du das?"

„Wie willst du den finden? Im Telefonbuch steht er nicht."

„Ja wie denn auch, ich weiß, dass er sehr zurückgezogen lebt. Und, dass er nicht Messmer heißt, ist mir auch klar."

„Weißt du wie er mit seinem richtigen Namen heißt?"

„Nein, woher denn."

„Ja eben, wie willst du ihn dann finden?"

„Ich werd dem Verlag schreiben."

Marc hatte sich mittlerweile aufgesetzt und blickte Tom mit großen Augen an. Dann stand er auf, nahm sich eine Handvoll Chips um sich wieder auf der Bettkannte niederzulassen. Mit vollem Mund sagte er: „Ja genau, die warten ja nur auf eine Mail von dir. Du wirst doch nicht wirklich glauben, dass die Messmers private Adresse oder etwas anderes herausrücken werden. Ausgerechnet dir. Was glaubst du, was die sonst noch für Anfragen bekommen? Messmer gibt ja nicht mal Interviews. Der lässt sich die Fragen schicken und beantwortet sie dann schriftlich, alles über den Verlag, wenn er sie überhaupt selbst beantwortet. Also, was soll das bringen?"

„Keine Ahnung, aber wenn ich es nicht probiere, dann werde ich nicht einmal eine Absage bekommen."

Tom erhob sich von der Couch und ließ Marc verblüfft zurück. Obwohl, so verblüfft war er gar nicht. Er gab dem Unternehmen keinerlei Aussicht auf Erfolg. Tom würde wohl nicht einmal eine Antwort auf seine Anfrage bekommen, warum sollte man sich um jedes Fanmail kümmern, noch dazu, wenn der Absender gleich zum Autor persönlich vordringen möchte. Nein, das konnte nichts werden.

Die Züchtigung dient dem Eleven in seiner Entfaltung. Eine wesentliche Zäsur in der Entwicklung eines Schülers, ist jener Tag, an dem er durch den Schmerz der Strafe darauf aufmerksam gemacht wird, dass es in seiner eigenen Kraft liegt, sein gesamtes Potential zum Einsatz zu bringen. Lässt er die, in ihm schlummernden Kräfte verkümmern, ist er nicht einmal der Strafe selbst, die für ihn als Unterstützung zur eigenen Entfaltung vorgesehen war, würdig. Er ist müdes Menschenmaterial, nicht dazu bestimmt sich am Fortschritt und Erfolg der Gesellschaft zu beteiligen, sondern dieser, und insbesondere der herrschenden Klasse zu dienen. Besagte Schüler sind alsbald aus dem Klassenverbund zu entfernen und in speziellen Klassen zusammenzufassen, sodass es zu keiner Minderleistung der Begabten kommen kann.

(DER LEHRER, 2016)

3

„Natürlich hast du keine Antwort bekommen. Was glaubst du, wie viele Mails die jeden Tag bekommen. Warum sollten sie die alle überhaupt beantworten, haben ja nichts davon, die lesen die ja sicher nicht einmal bis zum Ende durch."

„Das ist definitiv die Unterstützung, die ich von dir erwarte."

„Na was möchtest du denn hören? Warte noch weitere drei Wochen, dann werden die sich schon melden? Ach, vergiss es, du hast es versucht, äußerst löblich, aber das wars jetzt. Wenn du zu Messmer vordringen möchtest, dann musst du dir einen anderen Weg suchen."

„Fragt sich nur welchen."

„Genau, das kannst du schon mal überlegen. Aber steigere dich nicht in die Sache allzu sehr hinein. Ich meine, ich steh auch auf Messmer, also auf seine Bücher, aber das ist wohl ein wenig heftig, herausfinden zu wollen wo er wohnt. Nur weil du dieses eine Buch möchtest."

„Möchtest du es etwa nicht lesen? Jeder würde es gerne lesen."

„Natürlich möchte ich es lesen, wenn es denn verfügbar ist, wenn nicht, dann kann ich auch ohne dieses Buch leben. Ich hab ja bis jetzt auch ganz gut gelebt, aber solltest du es in die Hände bekommen, dann melde ich mich jetzt schon mal an."

„Siehst du, wenns was gibt, würdest du es nehmen, glauben tust du es erst, wenn du es in Händen hältst."

„Natürlich. Ich glaube aber trotzdem, dass die Sache aussichtslos ist. Wie viele Mails hast du denn abgeschickt?"

„Ich habe drei abgeschickt. Eines mit einer Interviewanfrage."

Marc musste lachen. Er konnte nicht anders. Natürlich fand er den Enthusiasmus seines Freundes bewundernswert. Er musste schlicht und einfach über dessen Naivität lachen.

„Alter, das gibt's doch nicht. Warum sollten sie dir einen Interviewtermin verschaffen? Messmer gibt keine Interviews-„

„Das stimmt nicht."

„Ja, du hast Recht, Messmer gibt so gut wie keine Interviews. Und du glaubst, dir gibt er eines? Mensch, die schauen doch erst mal darauf, wer da so eine Anfrage schickt. Und da kommt jetzt irgendein Niemand daher und verlangt nach einem Interview, was sollte das denen bringen? Noch dazu jetzt, wo kein neues Buch geplant ist. Das nächste kommt frühestens in einem Jahr, wieso also solltest du eine Zusage für ein Interview bekommen."

„Man bekommt keine Antwort, wenn man nicht fragt."

„Ja, und jetzt?"

„Werde ich es wohl bei Wember probieren."

„Bei wem?"

„Paul Wember, sag nicht, dass du nicht weißt wer das ist."

„Doch, das sag ich aber. Wer ist das?"

„Paul Wember ist Messmers Lektor, zumindest bis zum Metzger."

„Noch nie von ihm gehört."

„Mensch, da sieht mans wieder, keine Ahnung der Typ!" Tom konnte sich ein Grinsen nicht verkneifen. Er stand auf, klopfte Marc auf die Schulter und verschwand dann in Richtung Küche. Als er wieder ins Zimmer zurückkam, hatte er eine Dose Cola in der Hand.

„Sei froh, dass du mich hast."

„Und wie", sagte Marc mit sarkastischem Unterton. „Was hast du jetzt vor?"

„Ich mach mich auf die Suche nach Wember, der wird wohl einfacher zu finden sein, als Messmer."

„Anzunehmen, wenn er überhaupt so heißt."

„Wieso sollte er anders heißen. Er war schon Lektor, da hatte Messmer noch kein einziges seiner Bücher veröffentlicht. Alles was ich weiß ist, dass Wember Messmer in der Anfangszeit stark unterstützt hat, danach war die Zusammenarbeit nicht mehr so eng und nach *Unterwegs* gab Wember Messmer überhaupt ab."

„Wieso das?"

„Das werde ich ihn fragen, wenn ich ihm gegenüber sitze."

„Eigenartig, normalerweise schlachtet man lukrative Partnerschaften doch aus, selbst wenn sie kreativ oder menschlich nichts mehr hergeben."

„Abwarten, ich werde ihn das Fragen."

„Und nach dem *Priester*."

„Ja, danach werde ich natürlich auch fragen, ich denk mir nur, dass, wenn er ein Exemplar hat, das nehme ich auch an, er es mir nicht zu lesen geben wird."

„Wieso nicht?"

„Mensch, ich bin zwar nicht leicht zu bremsen, aber ich bin kein vollkommener Idiot. Wenn dieses Buch nicht veröffentlicht wurde, es also im Giftschrank des Verlages verschwunden ist, auch, zumindest meines Wissens nach, nie etwas nach außen gedrungen ist, dann wird mir wohl der ehemalige Lektor nicht so einfach sein Exemplar ausborgen, oder?"

„Könntest recht haben."

„Wenn es irgendwie nach Logik geht, dann hab ich sicher Recht."

Nachdem er das Muskelfleisch vom Knochen gelöst und von Sehnen und Häuten befreit hatte, setzte er sich. Er musste kurz rasten. Die Arbeit ging ihm zwar leicht von der Hand, er hatte sich vor unendlich vielen Jahren schon an sein blutiges Handwerk gewöhnt, mittlerweile strengte sie ihn aber auch an. Der Jüngste war er schon lange nicht mehr. Vor ihm lagen, teilweise noch als solche erkennbar, Gliedmassen eines menschlichen Wesens. Die Knochen würde er später noch abbrühen und danach zumindest zerkleinern, doch erst einmal waren die Fleischstücke zu portionieren und in den Kühlraum zu bringen, damit sie ihre Zeit und Ruhe zum mürbe werden bekamen. Er betrieb sein Handwerk nach alter Tradition, die Supermärkte würden niemals an die Qualität seiner Arbeit heranreichen, geschweige denn die Liebe aufbringen, mit welcher er seiner Arbeit nachging. Er erhob sich wieder, wischte sich den Schweiß von der Stirn und griff nach seinem Schlachtermesser.

(DER METZGER, 2011)

4

„Wir würden sie jetzt bitten, zu gehen."

„Ich habe einen Termin."

„Sie hatten einen, seitdem kommen sie immer wieder."

„Ich möchte vorgelassen werden."

„Sie waren bei Verlagsdirektor Heinrich, sie waren im Lektorat, sie durften ins Archiv-„

„Ja, aber sie haben mir einen Wachhund zur Seite gestellt, ich konnte mich nicht einmal umsehen."

„Ich glaube sie verstehen die Lage nicht wirklich. Warum können sie nicht akzeptieren, dass wir ihnen auch nicht mehr mitteilen können. Ich glaube, wir waren zuvorkommend genug. Bitte verlassen sie jetzt unser Haus."

Tom hatte es ein weiteres Mal probiert. Es war der dritte Besuch innerhalb von zwei Wochen. Vor einem Monat hatte er endlich Antwort auf eines, der viele weiteren Mails, und gnadenhalber einen Termin bei einem der Lektoren bekommen, die Messmers Bücher lektorierten. Sie waren im Archiv gewesen und Tom hatte sich in einigen Ablagen Notizen und Entwürfe ansehen dürfen. Zumindest jene, die offensichtlich herzeigbar waren. Es waren für ihn keinerlei Erkenntnisse davon ableitbar, keine neuen

Spuren, wo sich Messmer denn aufhalten könnte, rein gar nichts. Zumindest nichts, was er sich erwartet hatte. So ganz leicht hatte sich Tom wohl nicht zufrieden stellen lassen und er war ein weiteres Mal vor den Toren des Verlagshauses erschienen, war eingetreten und zielstrebig in die zweite Etage gefahren, in der sich das Lektorat befand. Er wollte ein weiteres Mal mit Paul Flarda, Edith Armona oder Mike Kulm sprechen. Sie bildeten das Team, welches Messmer betreute, seine Manuskripte redigierte und lektorierte. Aber so unergiebig der erste Besuch geendet hatte, so unergiebig startete der zweite und noch bevor Tom an eine der vielen Türen klopfen konnte, war er schon vom Wachdienst eskortiert und hinauskompliment-iert worden. Jetzt stand er ein drittes Mal in der Eingangs-halle des Verlagsgebäudes, flankiert von Mitarbeitern des Sicherheitsdienstes, Verlagsdirektor Heinrich gegenüber. Der wusste zwar auch nicht so recht, wie er mit diesem fanatischen Fan umzugehen hatte, war sich aber äußerst sicher, dass seine Geduld nun auch ein Ende haben durfte. „Ich spreche nun ein Hausverbot aus. Sie sind hier nicht mehr gerne gesehen. Es tut mir leid, aber sie zeigen sich hochgradig uneinsichtig, sie halten meine Mitarbeiter von der Arbeit ab und ganz unter uns, es gibt rein gar nichts, was sie hier erforschen könnten. Wir werden ihnen die Adresse von Herrn Messmer unter keinen Umständen mitteilen, abgesehen davon, hat in diesem Haus so gut wie niemand Kenntnis darüber. Es tut mir leid, dass sie so uneinsichtig sind, wenn es aber nicht anders geht, dann ist es ihnen ab sofort untersagt, dieses Gebäude zu betreten.

Ich werde unseren Sicherheitsdienst anweisen, ihnen den Zutritt zu verwehren und bei Zuwiderhandeln, falls sie uneinsichtig weiterhin darauf beharren hier eindringen zu wollen, werden wir nicht zögern und die Polizei rufen. Wie gesagt, das ist bedauerlich, aber unausweichlich. Guten Tag!"

Mit diesen Worten drehte sich der Verlagsdirektor um und ließ Tom mit den Sicherheitsleuten alleine stehen. Hier war nichts mehr zu machen, das musste er zur Kenntnis nehmen. Er sah sich noch einmal kurz um, dann zuckte er mit den Schultern und zog von Dannen. Er wusste eigentlich gar nicht so recht, was er hier zu finden erwartet hatte. Hatte er wirklich geglaubt, dass, wenn er nur hartnäckig genüg bleiben würde, man ihm Messmers Privatadresse geben würde? Messmer lebte so abgeschottet von der Gesellschaft, dass es fast schon fraglich war, ob es ihn überhaupt gab. Streng genommen gab es ihn ja wirklich nicht. Es war ein Pseudonym, ein nom de plume, ein Künstlername. War es eine Vorsichtsmaßnahme, um sich Typen so wie ihn vom Hals zu halten, die aufgrund der Lektüre und ihres zarten Alters, in welchem man noch die Bereitschaft zu unreflektierter Verehrung hatte, in welchem man noch sein Stars anhimmelte, sich ihnen verbunden fühlte, ohne jemals auch nur eine Ahnung von dieser Person zu haben? Oder wollte er selbst Abstand zu seinem Werk, sodass er immer noch sagen konnte: „Nicht von mir! Das muss von jemand anderes sein." Er würde all diese Fragen stellen, wenn er Messmer gegenüber sitzen würde.

Und er wusste, dass dieser Tag kommen würde, wie nahe er ihm schon war, das konnte Tom natürlich nicht wissen.

Messmer lädt uns ein, die Psyche des Täters zu erforschen, die er in einer realen Bildhaftigkeit darstellt, als würde er seine eigenes Innerstes beschreiben, so plastisch und angreifbar, wie es noch keiner vor ihm geschafft hat. Auf einer Subebene versucht Messmer die Auswirkungen des 11. Septembers auf die Seele des Individuums zur ergründen. Die Ausweglosigkeit der Situation, der Moment der absoluten Finsternis, das Erkunden der Zukunft, die im Dunklen, im Ungewissen liegt.

Kritik zu DAS VERLIES, 2002

5

„Man müsste an Wember rankommen. Erst einmal Wember, dann Messmer. Er wird doch sicherlich wissen, wie man Messmer kontaktieren kann."

„Und er wird dir sicherlich umgehend Messmers Adresse geben, seine Telefonnummer und seinen Pin-Code für seine goldene Kreditkarte, du spinnst doch komplett, mein Lieber."

„Ach was, man muss es probieren, was man nicht probiert, kann nichts werden, von vorne herein schon."

„Jaja, mach das ruhig. Du sitzt vor deinem Computer und glaubst, dass die ganze Welt auf dich wartet."

„Nicht die ganze", grinste Tom. „Nein, ehrlich, schau mal her. Wir suchen mal Wember." Tom tippte Wembers Namen in die Suchzeile ein. „Siehst du, 783419 Ergebnisse."

„Ja, toll. Und jetzt?"

„Na jetzt sehen wir uns das mal durch. Da hast du die Verlagsseite schon mal."

„Ja, mit einer allgemeinen Kontaktmailadresse. Da hast du doch ohnehin nichts ausrichten können."

„Ich würde es nicht nichts nennen. Ich war dort und ich konnte mir das eine oder andere ansehen."

„Ach was. Die haben dich wie jeden anderen Fan behandelt. Ein wenig Smalltalk, ein wenig Einblick, aber alles schön auf Distanz gehalten. Ende der Durchsage."

„Mach nicht alles gleich schlecht. Nur weil sie mir keinen Kontakt zu Messmer verschafft haben. Ich hätte es eh nochmal probiert-„

„Da haben sie dich rausgeworfen!"

„Hinauskomplimentiert!"

„Mit dem Sicherheitsdienst."

„Stimmt, eine Eskorte, damit mir nichts zustößt."

Tom musste grinsen. Er scrollte die Ergebnisse weiter durch, öffnete den einen oder anderen Link in einem neuen Tab und glitt dann von Seite zu Seite.

„Und, schon was gefunden?"

„Hm, das könnt etwas sein. Eine Kontaktmail zu Wember."

„Eine Verlagsadresse?"

„Nein, er hat eine Homepage, im Impressum steht eine Mailadresse."

„Wahrscheinlich veraltet."

„Abwarten!"

„Genau, ich werde ihm in einer ruhigen Minute schreiben, wenn du mir nicht andauernd mit deiner negativen Stimmung im Ohr liegst.

„Mein Lieber, ich bin Realist, das ist alles."

„Na dann sieh dir mal das an, Wember mit Messmer, das muss ein Bild von Anfang der Nullerjahre sein."

„Kurz nach dem Verlies."

„Ja, eine Party des Verlages. Ich geh mal auf Bildersuche."

„Alles Bilder von Wember. Und fast immer dasselbe Portraitfoto."

„Ja, es scheint nicht allzu viele zu geben."

„Irgendwie logisch, warum denn auch, er ist ein Lektor, er arbeitet hinter den Kulissen, der Star ist ein anderer."

„Na dann googeln wir mal den Star."

„Ha, das ist ja fast noch weniger als bei Wember. Und nicht einmal das Bild von der Party scheint hier auf."

„Doch, hier ist es."

„Ahja, aber ansonsten fast nur Bilder von seinen Büchern."

„Na, ist doch eine gute Werbung. Der Künstler wird durch sein Werk repräsentiert."

„Sehr tiefsinnig!"

„Mhm. Aber wirklich, so gut wie keine Bilder von ihm. Kann er das sein?"

„Pfff, ein Jugendfoto vielleicht. Irgendwas aus den 90ern, schätze ich. Noch sehr weiche Züge. Wenn du es mit diesem hier vergleichst. Ich glaube, das ist das aktuellste."

„Ja, das war auf dem Schutzumschlag von *Angerichtet*. Seitdem gabs kein neues mehr."

„Aber es gab doch noch ein paar Interviews."

„Ja, ich glaube das letzte wurde kurz nach *Unterwegs* geführt."

„Eben!"

„Nur gabs da keine Bilder mehr. Messmer verbat sich das Fotografieren. Da waren doch nur diese Aufnahmen vom Tisch und vom Sessel, auf dem er gesessen hatte. Quasi als Symbolbild."

„Hab ich nicht gesehen."

„Macht nichts, war ja auch nichts drauf."

„Aber sonst sind hier nur die Cover seiner Bücher zu finden."

„Aber das stammt nicht von ihm."

„Was?"

„Das hier, das mit dem blauen Umschlag; *Flachs*.“

„Stimmt, der hat nie ein Buch mit dem Titel *Flachs* geschrieben. Machs mal größer.“

Tom klickte das Bild an und ließ sich zur Seite verbinden, von der es stammte.

„Flachs, von Roland Wanderer. Verlagshaus Ebensee.“

„Das poppt wahrscheinlich auf, weil es möglicherweise im selben Bestellkatalog war, weil es auf einer Buchmesse daneben lag, was auch immer, ein Zufall.“

„Das kann nicht sein. Dieses Buch stammt von einem anderen Verlag und ist, schau mal, drei Jahre vor Messmers erstem Werk erschienen.“

„Algorithmus nennt man das, du durchschaust ihn nicht, er aber dich. Vielleicht ist es auch ein Thriller, dann würde es ja auch zu Messmers Büchern passen. Ist doch egal.“

„Wahrscheinlich hast du Recht.“

„Endlich mal, und du lässt es gelten.“

„Jaja, aber ehrlich, es muss dem ja irgendetwas zu Grunde liegen, dass dieses *Flachs* angezeigt wird, wenn wir Messmer eingeben.“

„Ach vergiss das doch, diese Teebeutel kommen ja auch.“

„Aber da heißt die Firma ja zufälligerweise auch so. Komisch, dass es da nie irgendeine Zusammenarbeit gegeben hat."

„Was für eine Zusammenarbeit? Zu jedem Buch einen Teebeutel dazu?"

„Ach, was weiß ich. Siehst du, schon wieder *Flachs*, ich scrolle runter und hab hier noch zweimal *Flachs*. Ich schau mal, ob es das noch zu kaufen gibt."

„Oh mein Gott."

„Schau, *Flachs*, gebraucht um 3 Euro und zwanzig Cent. Das bestell ich mir. Zumindest ist es ein Kuriosum, das wir auf der Suche nach Messmer entdeckt haben. Wir werden später einmal darüber lachen."

„Über dich lach ich jetzt schon."

Tom ließ sich nicht beirren, klickte den Kaufen-Button, ließ zu PayPal verbinden und bezahlte, inklusive Porto, 6 Euro 70.

„Na gut. Du musst es auf jeden Fall neben deine Messmersammlung stellen," lachte Marc.

„Mach dich ruhig lustig, wenn du willst, kann ichs dir borgen, nachdem ich es durch hab."

„Vielleicht ist es si scheiße, dass ich es gar nicht lesen möchte."

„Möglich, vielleicht ist es aber auch so scheiße, dass ich es gar nicht fertig lese."

Die beiden lachten. Dann vertiefte sich Tom wieder in die Bildersuche nach Messmer. Wenigstens hatte er einen Anhaltspunkt, wie er Wember erreichen konnte. Er setzte alles auf die Mailadresse.

Sie konnte ihre Hände keinen Millimeter weit bewegen. Die Kabelbinder schnitten ihr in die Haut und ließen ihr nicht den Hauch eines Spielraums. Nachdem sie wieder zu sich gekommen war, ihre Augen geöffnet hatte, sah sie ihn vor sich. Er hatte auf einem Stuhl, einen Meter ihr gegenüber Platz genommen und saß dort regungslos. Auf dem Kopf trug er eine schwarze Schimaske, in der rechten Hand hielt er ein Messer. Er wog es hin und her während er keine Sekunde den Blick von ihr abwandte. Wollte er Geld, Schmuck? Und jetzt realisierte sie, dass ihr, eigenartigerweise die Maske, die er trug, ein gelindes Maß an Sicherheit gab. Er wollte nicht erkannt werden. Er würde sie am Leben lassen. Ihr stockte das Blut in den Adern, als sie das Ausmaß der Verwüstung im Raum wahrnahm. Dann nahm er die Maske ab.

(72 STUNDEN, 2014)

6

„Und du meinst, dass dieser Wanderer Messmer ist?"

„Nein, das meine ich nicht, ich weiß es!"

„Was macht dich so sicher?"

„Lies es, du wirst sehen, es ist von Messmer."

„Aha, warum genau?"

„Erstens, es ist der klassische Aufbau; er steigt mitten in der Geschichte ein und springt erst im zweiten Kapitel zum Anfang der Story."

„Das machen viele, schon vor ihm auch."

„Ja, mag sein, aber es hat die typische Struktur wie seine anderen Romane und es gibt oftmals Absätze, die fast ident mit dem sind, was er später als Messmer verfasst hat. Ja, es fehlt das ganze Blut, die Spannung und vor allem die Abgründe, aber es ist Messmer, definitiv!"

„Und worum geht es in diesem Buch?"

„Es geht um einen Typen, der sich erhängen möchte. Er sieht keinen Sinn mehr im Leben, kauft sich einen Strick und hängt sich auf."

„Spannend."

„Das ist ja noch nicht alles. So beginnt die Geschichte, das ist lediglich das erste Drittel. Er stirbt ja nicht. Der Strick reißt und er landet am Küchenboden. Damit geht alles ja erst los. Daraufhin verklagt er den Hersteller des Stricks. Oder besser gesagt, er möchte ihn verklagen, aber kein Anwalt möchte den Fall annehmen, sie finden das lächerlich und aussichtslos. Also bringt er selbst Klage ein und gewinnt den Fall."

„Das war logisch."

„Ja, war abzusehen, danach ist er ein erfolgreicher Anwalt."

„Das ist die ganze Geschichte?"

„Nun ja, ist sie. Ich weiß, ich weiß, es ist nicht gerade ein Plot der einen vom Hocker reißt, aber es hat was, nicht viel aber etwas."

„Kein Wunder, dass das Ding keinen Erfolg hatte."

„Ja. Und weißt du was, es war sein drittes Buch."

„Sein was?"

„Sein dritter Roman. Er hat davor noch zwei andere geschrieben. Beide unter seinem richtigen Namen. Roland Wanderer."

„Klingt total unsexy. Kein Wunder, dass er sich jetzt Messmer nennt."

„Ja, kein Wunder. Ein Name wie eine Klinge."

„Kann man so sagen, ja. Du solltest Werbetexter werden."

„Ha, ja! Aber es war nicht nur der Name, es war auch die Thematik, die sich änderte. Die Geschichten wurden düsterer und im allgemeinen Thrillerboom landete eben auch Messmer ganz vorne. Neben Fitzek und Becket und wie sie alle heißen."

„Und wenn du mal ganz oben bist, dann musst du den Markt ohnehin nur noch bedienen."

„Naja, er ist trotzdem unerreicht, selbst wenn er einmal ein Buch verfasst, das nicht an die vorangegangenen heranreicht, selbst dann ist er seinen Kollegen noch um Längen voraus."

Marc stand jetzt auf und ging zu Tom und nahm das Buch in seine Hände. Der blaue Umschlag zeigte ein Seil, darüber prangte der Titel *Flachs* und daneben, etwas kleiner der Name des Autors: Rudolph Wanderer. Er schlug das Buch auf und begann an einer zufälligen Stelle laut zu lesen: *„Er realisierte, dass seine Zeit gekommen war. Es hatte keinen Sinn mehr, sich dem Schmerz länger hinzugeben, sein Leben hatte keinen Zweck mehr dem es dienen konnte. Der Tag würde kommen, schneller als ihn andere erwarten würden. Sein Atem ging nun wieder regelmäßig und langsam. Die Erregung beim Gedanken an seinen eigenen Selbstmord ließ von Mal zu Mal nach. Jedoch verspürte er auch diesmal noch eine leichte Erektion. Mittlerweile konnte er mit* *seinem Entschluss ganz gut leben. Er hatte sich damit abgefunden. Er war angekommen."*

„Siehst du, ich habs dir ja gesagt. Das ist definitiv Messmer."

„Oder Wanderer."

„Oder Wanderer, wie du möchtest. Ein und derselbe Stil. Eine nüchterne Betrachtung, etwas blutleer noch, aber das Grundgerüst ist schon erkennbar."

„Du hast Recht. Arg. Aber es ist wohl nicht das erste Mal, dass jemand seinen Namen wechselt um erfolgreich zu werden."

„Oder um die Vergangenheit hinter sich zu lassen, mit ihr abzuschließen."

„Wie bei Elsberg."

„Richtig. Rafelsberger ist nicht wirklich ein Reißer, da kann man sich die Änderung leicht erklären."

„Oder Bachmann."

„Bachmann ist eine Ausnahme. King wollte herausfinden ob jemand seine Bücher kauft, wenn nicht King draufsteht."

„Hat nicht wirklich funktioniert."

„Ja, erst als bekannt wurde, dass King hinter Bachmann steckte, erst dann wurden auch diese Bücher Bestseller."

„Der Fluch hatte sich aber auch recht gut verkauft."

„Ja, recht gut für einen unbekannten Schriftsteller. Für King bedeuteten diese Zahlen aber so gut wie gar nichts."

„Du hast Recht. Und glaubst du, bei Messmer ist es auch so?"

„Nun, Messmer ist ein Pseudonym, das ist das, was wir hier entdeckt haben. Es ist etwas anderes, aber dennoch eine Entdeckung!"

„Wahnsinn. Kannst du mir das Buch da lassen?"

„Klar! Lies es. Der Vollständigkeit halber, es ist nicht wirklich spannend. Die Idee, dass ein Selbstmörder den Strickfabrikanten klagt, weil sein Selbstmord missglückt ist, hat schon was, der Rest bleibt aber unspektakulär."

„Ok, ich brings dir am Montag wieder."

„Kein Problem. Ich werde mich auf die Suche nach den anderen beiden Büchern machen. Das wird ja in Zeiten des Internets nicht wirklich allzu beschwerlich sein."

„Weißt du wie die heißen?"

„Ich habs mir hier notiert, aber lach nicht. Eines heißt *Morgenröte*."

„*Morgenröte*, echt?"

„Ja, ein Liebesroman. Der andere, sein Erstling, heißt *Mitleidstour*. Angeblich ein Krimi."

„Hm, Einworttitel."

„Ja, er hat anscheinend erst als Messmer die Artikel für sich entdeckt."

Marc musste lachen. Er setzte sich vor seinen Laptop und tippte booklooker.de in die Adresszeile seines Browsers. Dann gab er dort in das Suchfeld Wanderer ein. 2145 Ergebnisse.

„Ok, versuchen wirs so: Wanderer und *Morgenröte*."

5 Ergebnisse.

„Hier hast du deine *Morgenröte*. Von 3 Euro bis 17 Euro. Welches willst du?" Marc grinste Tom an.

„Egal", entfuhr es Tom.

„Gut wir nehmen das um 3 Euro. Sollten wir uns irren, dann haben wir wenigstens nicht allzu viel Geld beim Fenster hinausgeworfen."

„Können wir auch noch nach dem anderen Buch suchen?"

„Sicher, wie hieß das noch gleich?"

„Mitleidstour."

„Ja, richtig. Wanderer plus Mitleidstour. Ein Exemplar. 10 Euro plus – Moment – 4 Euro 50 Versand. Das ist es uns wert, oder?"

„Natürlich, wenn sie da sind, können wir jeder eins lesen."

„Ich nehme mir jetzt mal den *Flachs* vor."

„Tu das. Ich mach mich jetzt mal vom Acker, wir können ja später nochmal telefonieren, wenn du schon etwas reingelesen hast."

„Ja, kann gut sein, dass ich mich melde. Vielleicht bleib ich noch ein Kleinwenig vorm Laptop und durchforste das Netz nach Wanderer."

„Mach das, wir hören uns."

Tom verließ das Zimmer und war kurz darauf im Stiegenhaus. Es war eine kleine Sensation für ihn, dass er Messmers wahre Identität entdeckt hatte. Doch was machte er nun mit diesem Wissen? Es ging um einen Schriftsteller, zugegebenermaßen um einen recht erfolgreichen, aber wen sollte das schon interessieren ausgenommen ein paar Freaks. Langsam schlenderte er die Straße entlang.

Die Schlinge zog sich immer enger um seinen Hals. Der grobe Strick rieb seine Haut auf und drückte auf seinen Adamsapfel. Hätte er doch etwas mehr Geld ausgegeben. Bei einer solchen Investition, quasi für die Ewigkeit, sollte man nicht knausrig sein. Sparen würde man ab dem nächsten Tag ohnehin auf allen Ebenen. Langsam und stetig schnürte es ihm die Kehle zu. Seine Lungen konnten sich nicht mehr mit Sauerstoff füllen und sein Bewusstsein schien ihn nun langsam aber sicher zu verlassen. Das Geräusch des sich spannenden Stricks war das letzte was er hörte. Dann kippte er hinüber. Kurz darauf schlug er dumpf auf dem Küchenboden auf.

(FLACHS, 1999)

7

„Rudolf Wanderer, geboren in Linz, Werbefachmann, versucht in seinem Erstling das Scheitern eines Banküberfalls zu skizzieren, indem er nicht auf Spannung, sondern auf das genaue Zeichnen der Charaktere und ihrer Motivation setzt. Spannender Klappentext". Marcs Kommentar konnte nicht zynischer Ausfallen. „So etwas schreibt man, wenn man nicht wirklich eine Idee hat, etwas Positives auf den Buchdeckel zu drucken. Gib mir mal das andere. Wie heißt das nochmal?"

„Morgenröte."

„Unverständlich, wirklich. Niemals würden auf einem Buchdeckel die Worte Messmer *und Morgenröte* stehen."

„Wanderer, er hieß damals noch Wanderer."

„Jaja, ich weiß schon. Und es ist wieder ein anderer Verlag."

„Er hat es im Eigenverlag veröffentlicht."

„Books on demand?"

„Nein, das gab´s damals noch gar nicht. Zu dieser Zeit musstest du selbst noch für alles aufkommen, den Druck selbst finanzieren, die Werbung, den Vertrieb, wenn du überhaupt einen gefunden hast. Oder du hast mit deinem Buch unterm Arm, selbst all die Buchhändler abgeklappert und sie angebettelt, dass sie dein Buch in ihre Auslage legten."

„Ein Knochenjob."

„Ist Kunst immer."

„Jaja, also, was sagt uns die *Morgenröte*?"

„Eine lange Nacht, welche uns im Nachhinein leidtun wird, weil wir sie mit diesem Ramsch vertan haben."

„Findest du, dass Messmer Ramsch ist."

„Natürlich nicht, aber hier geht es noch um Wanderer. Und nachdem du mir über dein Erlebnis mit *Flachs* berichtet hast, habe ich wenig Hoffnung, dass dir *Morgenröte* zusagen wird."

„Flachs war, bis auf das erste Drittel, das, und das muss man zugeben, eine recht ausgefallene Idee war-„

„Er hatte es selbst erlebt, deswegen war es ihm näher und vor allem emotional präsenter."

„Ja, aber es war auf den ersten 70 Seiten wirklich spannend. Dann driftete es in Banalitäten ab."

„Ich denke Morgenröte driftet nur."

„NaJa, wir werden es ja sehen. Dann nimmst du dir die *Mitleidstour* vor und ich mach mich über die *Morgenröte* her. Du hast wenigstens den Krimi."

„Ja, den Krimi." Tom lachte kurz auf. „Ich hab im ganzen Internet keine einzige Rezension gefunden."

„Das muss nichts heißen. Das Buch ist mehr als 25 Jahre alt, damals gab es keine Rezensionen im Internet."

„Damals gab es kein Internet."

„Zumindest nicht für die breite Masse. Begonnen hat es ja schon Ende der 60er Jahre."

„Klugscheißer, das bringt uns jetzt auch nicht weiter."

„Stimmt. Suchen wir nach etwas bestimmten in diesem Buch?"

„Nicht, dass ich wüsste. Lies es einfach aufmerksam. Im Großen und Ganzen ist es von Messmer, also müssen wir es lesen."

Marc grinste. „Da hast du Recht. Übrigens, wann kommt eigentlich deine Schwester wieder mal vorbei?"

„Ach, vergiss die. Seit sie in Wien wohnt, ist sie nur noch selten da. Und außerdem hast du bei ihr nicht den Hauch einer Chance."

„Abwarten."

„Genau, sie wird auf dich warten. Schlag dir diese Gedanken aus dem Kopf oder, bitte, behalte sie für dich."

„Die Gedanken sind frei", begann Marc nun zu trällern. In der Tür blieb er noch einmal kurz stehen, warf einen Blick zurück und als Marc zu ihm sah, bewegte er seine rechte Hand in einer eindeutigen Pose vor und zurück. Marc warf ihm daraufhin den nächsten Gegenstand nach, doch Tom hatte schon das Weite gesucht. Hinter Marcs Schwester waren wohl alle her gewesen. Sie hatte die Auswahl gehabt, den meisten aber die kalte Schulter gezeigt. Jetzt studierte sie in Wien, warum auch immer, Skandinawistik, lebte in einer 3er WG mit zwei anderen und ließ, zumindest war das für Mar offensichtlich, keine Gelegenheit aus, all das zu tun, wovor ihre Eltern ihnen abraten würden. Er würde auch einmal nach Wien gehen, dachte Marc bei sich. Dann schnappte er sich die *Mitleidstour*, holte sich eine Flasche Eistee aus seinem Kühlschrank und legte sich auf die Couch, die unter dem Taylor Momsen Poster stand. Wenn seine Eltern wüssten, was sie in ihren Liedern besang, würde das Plakat nicht mehr lange an seinem Platz hängen. Sie mussten nicht alles wissen.

Selbst wenn Messmer diesmal der kreative Ausdruck abhandengekommen ist, liefert er immer noch solideres Handwerk ab, als die meisten seiner Kollegen. Als Überbrückung zum nächsten Meisterwerk.

Kritik zu DER METZGER, 2011

8

Das Mail war kurz gehalten. Zwei Zeilen und ein Name. Falls noch Interesse bestand, wäre er zu einem Gespräch bereit. Die einzige Bedingung war, dass es bei ihm daheim stattfinden musste. Unterzeichnet: Martin Wember. Marc konnte es im ersten Moment nicht fassen. Dann dachte er daran, dass es sich wohl nur um einen Scherz handeln konnte. Wer würde ihn aber auf diese Art und Weise aufs Glatteis führen wollen, und vor allem, wer wusste überhaupt Bescheid, dass er und Marc auf der Suche nach Wember waren. Im Verlag möglicherweise ein paar, aber sonst? Die Mailadresse lautete auf wember-m., der Absender war ein gewisser Wember Martin, es gab zumindest den Anschein, dass es sich hierbei um keinen Fake handelte. Tom beantwortete das Mail umgehend. Dass er sich freue, dass es kein Problem sei, zu Wember zu kommen und nochmals Danke, und dass er zu jeder Tages- und Nachtzeit bereit war, zu kommen. Seine Freude war offensichtlich. Bevor er seine Antwort aber abschickte, strich er die überschwänglichen Lobeshymnen auf das Wesentliche zusammen, um nicht allzu unterwürfig zu wirken. Er wollte ja nicht, dass sein Gegenüber dachte, er hätte es mit einem unreflektierten und hirnbefreiten Fan zu tun. Dann rief er Marc an.

„Er wurde mir zunehmend unheimlicher. Weißt du, ein Künstler ist grundsätzlich ein Besessener. Ein Schöpfer muss in Kategorien denken, die für Normalverbraucher geradewegs als verrückt gelten. Und vor allem ein Schriftsteller, der Welten erschafft, Universen. Das sind nicht nur Szenarien und Geschichten, nein-. Natürlich gibt es auch solche, welche einfach nur Buchstaben aneinanderreihen, weil sie mal gelernt haben, wie so etwas funktioniert, ein paar Kunstgriffe, ein paar Absätze und schon ist der Schmöker für den Bahnhofskiosk fertig. Messmer ist einer der Künstler, einer der mit seinen Charakteren mitleidet. Er lebt mit ihnen auf oder fährt mit ihnen in die Hölle. Und wenn du seine Bücher kennst, dann wirst du ja wissen, auf welches Terrain sich Messmer begeben hat und, dass sich nicht nur einmal die Hölle in seinen Büchern aufgetan hat. Und umso mehr er schrieb, desto stärker veränderte sich sein Wesen. Gut, er war anfangs auch schon nicht der umgänglichste Zeitgenosse, er hatte seine Eigenarten, aber er sie waren erträglich. Die Veränderung trat auch nicht ausschließlich durch den Erfolg ein, der Erfolg war für ihn ein notwendiges Übel, um Schreiben zu können. Die hohen Verkaufszahlen garantierten ihm ein Einkommen, bei dem er sich keinerlei finanzielle Sorgen machen musste. Ruhm und Ansehen waren ihm offensichtlich nicht wichtig, er trat so gut wie nie in irgendwelchen Talkshows auf und gab äußerst selten Interviews. Er war fast ausschließlich an seinem Werk interessiert. Für den Verlag war das zwar nicht das Optimum, öffentliche Auftritte kurbeln immer den

Bücherverkauf an; bei Messmer war es zum Glück so, dass sich seine Bücher wie die sprichwörtlichen warmen Semmeln verkauften. Und wenn ein neues erschienen war, dann konnte man damit rechnen, dass es auf Platz eins der Bestsellerlisten auftauchen würde und, dass sich Messmers bisheriger Katalog ein weiteres Mal verkaufen würde. Es kamen ja immer wieder neue Leser hinzu, die mussten sich die vorangegangenen Romane ja auch zulegen. Somit spülte ein neues Buch auf mehrere Arten Geld in die Kassen."

Wember zündete sich eine weitere Zigarette an. Dann trank er einen Schluck aus seinem Wasserglas und blickte beim Fenster hinaus. Tom saß ihm still gegenüber und war sich dessen gewahr, dass er nur ja nicht unterbrechen durfte. Die Pause, diese Stille, sie gehörten beide zu Wembers Erzählung.

„Nach dem *Priester* war er nicht mehr derselbe. Er hatte sich verändert und er wurde mir, wie gesagt, immer unheimlicher. Er arbeitete an *Unterwegs* weil der Verlag ein Buch brauchte. *Unterwegs* wäre, wenn es den *Priester* gegeben hätte, gar nicht erschienen. Er hatte es relativ schnell fertig. *Der Priester* hätte im Herbst 2007 erscheinen sollen, *Unterwegs* stand im Frühling 2008 in den Buchhandlungen. Ich kann mich nicht daran erinnern, dass er sonst jemals in dieser Geschwindigkeit ein Buch verfasst hat. Seine Herangehensweise war immer die gleiche. Er schrieb wie ein Berserker, hunderte Seiten, dann begann er wieder von vorne und zu guter Letzt, machte er aus diesen

Entwürfen das endgültige Buch. Bei *Unterwegs* brach er mit dieser Tradition. Ob es dem Zeitdruck geschuldet war, oder ob er, nach der Enttäuschung mit dem Priester, einfach nicht so viel Energie in sein neues Werk investieren wollte, er hat es mir nicht gesagt. Und es war damals auch gleich, der Verlag wollte ein neues Buch und Messmer lieferte, danach war es nicht mehr so wie vorher."

„Und können sie sich erklären, was geschehen war?"

„Ich kann nur Vermutungen anstellen, Messmer hat mir diesbezüglich nichts gesagt. Wenn wir darauf zu sprechen kamen, hat er elegant das Thema gewechselt, da war mir klar, dass, wenn er nicht wollte, er nichts darüber sagen würde. Ich glaube der Lehrer, war so etwas wie eine Therapie für ihn gewesen. Er hatte darin so einiges verarbeitet, seine Kindheit, die Jugend im Internat, vieles damals hatte seine Persönlichkeit geprägt, der Priester war nicht nur ein weiteres Buch von ihm, es war, wenn man so will, sein persönlicher Exorzismus."

„Und er hat es widerstandslos hingenommen, dass es nicht erscheinen kann?"

„Nun, was hätte er denn tun sollen? Das Buch gehörte dem Verlag und der hatte bezahlt. Wenn es nicht erschien, war das, rein rechtlich gesehen, auch in Ordnung. Verflucht hat er natürlich trotzdem alle. Es war ihm aber auch klar, dass er nichts ausrichten konnte und somit setzte er sich an den Schreibtisch und schrieb *Unterwegs*. Sein *Unterwegs*."

„*Unterwegs* beruhte ja auf wahren Begebenheiten."

„Ja, das war der Werbeslogan damals. Es hatte ungefähr fünfzehn Jahre zuvor eine Mordserie gegeben und Messmer griff diese Tatsachen auf und schrieb sein *Unterwegs* darum herum. Er war nicht bei der Sache, würde ich sagen. Ich war unzufrieden damit, weil ich wusste, dass viel mehr in ihm steckte. Aber wie schon gesagt, *Der Priester* hatte ihm einiges abverlangt und wahrscheinlich war er auch ein wenig ausgelaugt. Im Nachhinein ist ja vieles leichter zu erklären. Sagen wir mal so, er war nicht in Topform und etwas unkonzentriert."

„Und so kam es dann zum Bruch mit Messmer?"

„Es gab keinen Bruch. Ich sagte ihm, dass es für mich an der Zeit war weiterzuziehen, andere Autoren zu begleiten und zu unterstützen. Und das stimmte ja auch. Ich war lange genug bei Messmer gewesen, ich konnte seinem Stil nichts mehr hinzufügen, ich war da, aber ich war keine Hilfe mehr, keine Triebfeder. Somit war, zusätzlich zu Messmers Eigenarten und zu seiner Verhaltensveränderung, die Zeit reif, meine Tätigkeit neu zu bewerten."

„Der Verlag hatte nichts dagegen?"

„Nun, anfangs schon, oder sagen wir so: natürlich kommen diese Fragen mit Warum und ob es ums Geld gehe oder man nicht doch weitermachen wolle. Aber das ließ sich recht schnell klären. Ums Geld ging es ja nicht und Messmer war ja ohnehin ein lukrativer Job, somit war nach der Veröffentlichung von *Unterwegs* mein Gebiet ein neues und Messmer bekam ein Lektorenteam zur Seite gestellt."

„Wieso ein ganzes Team, sie haben ja auch alleine mit ihm zusammengearbeitet."

„Ich glaube, weil man all die Verantwortung nicht nur an eine Person binden wollte. Wenn bei einem Team jemand ausfällt, steht immer noch Ersatz zur Verfügung, somit kann weitergearbeitet werden, und darum geht es ja. Ein Buch will verkauft werden, das ist das Ziel, mehr nicht."

„Aber Messmer schreibt nicht nur Bücher, das ist mehr."

„Glaub mir, er schreibt Bücher. Das ist sein Job und den erledigt er ausgesprochen gut."

„Aber Messmer schreibt nicht wie andere, er lässt einen alles miterleben, so als wäre man selbst Teil der Geschichte."

„Das mag sein, das erklärt womöglich auch seinen großen Erfolg, wobei, etwas Glück gehört immer dazu. Bei Messmer vielleicht sogar noch mehr als das."

„Wie meinen sie das?"

Wember erhob sich aus seinem Ohrensessel, dämpfte die letzte Zigarette in einer Reihe vieler anderen aus und sagte dann zu Tom: „Ich würde sagen, ich war auskünftig genug. Ich werde dich noch zur Tür begleiten."

Tom erhob sich. Er spürte, trotz des entspannten Gesprächs, immer noch etwas Ehrfurcht in sich. Das war Wember, der ihn hier in seinem Haus empfangen hatte. Still folgte er ihm zur Tür. Er nahm die Hand, die ihm entgegengestreckt wurde, ließ die seine schütteln und stand kurz darauf wieder am Gehsteig.

Als sie erwachte, lag sie im Staub. Rund um sie war Finsternis. Kein Lichtstrahl aus keinem Winkel des Raums ließ es zu, die Umgebung auch nur zu erahnen. Ihre Finger glitten langsam über den kalten, staubigen Boden. Im Umkreis ihrer Armspanne befanden sich keine Gegenstände. Nichts, das sich ertasten oder erspüren ließ. Er musste ihr die Fesseln abgenommen haben. Sie spürte noch den Schmerz in den Handgelenken, konnte sich aber jetzt wieder frei bewegen. Wo war sie? War es sein Haus? Und warum hatte er sie hierhergebracht? Sie wusste, dass sie auf all die Fragen keine Antworten finden würde. Nur er wusste es. Er alleine wusste, warum er all das getan hatte und er alleine wusste, was er noch tun würde.

(DAS VERLIES, 2002)

9

„Und jetzt siehst du dir mal das Impressum an." Marc gab Tom das Buch.

„*Morgenröte* von Rudolf Wanderer. Eigenverlag steht hier. Alle Rechte vorbehalten. Nachdruck verboten. Das Jahr 1996, nichts Besonderes, würde ich sagen."

„Jaja, das stimmt schon. Aber nicht nur du kannst recherchieren. Sieh dir mal das hier an."

„Was ist das?" Tom sah sich den Ausdruck, den ihm Marc gerade in die Hand gedrückt hatte an.

„Das ist der Firmenauszug von Wanderers Eigenverlag. Und wie du sehen kannst, hier gibt es auch eine Adresse."

„Eine Adresse. Wahnsinn. Aus einer längst vergangenen Zeit. Ob er je dort gewohnt hat?"

„Warum nicht, er war damals kein Schriftsteller, zumindest kein professioneller."

„Da hast du Recht, das ist eine Möglichkeit. Ist aber schon eine ganze Weile her. Und mit dem Erfolg als Messmer, wird er wohl nicht dort geblieben sein, wo er als Webefachmann und brotloser Autor gelebt hat."

„Das ist schon möglich, aber es ist ein Anhaltspunkt."

„Gut gemacht, aus dir wird ja noch ein richtiger Detektiv. Wie hast du das angestellt?"

„Wie schon gesagt, er hatte seinen Eigenverlag ja angemeldet. Das war damals um einiges strenger als wie heute. Heute kann ja jeder jeden Schwachsinn im Internet veröffentlichen, oder drucken lassen, da schaut ja niemand auf irgendetwas. Aber damals, in den Neunzigern, da hast du schon noch zumindest all den Papierkram erledigen müssen. Und somit bist du irgendwo eingetragen, auch wenn es schon längere Zeit her ist. Und das interessante daran ist, der Verlag existiert immer noch, zumindest auf dem Papier."

„Eine verrückte Sache."

„Naja, es zeigt uns einfach nur, dass, wenn du nicht jedes Kapitel in deinem Leben abschließt, immer noch Überbleibsel zu finden sind."

„In unserem Fall, hat uns das aber geholfen, sag ich da mal."

„Na und wie. Keine Ahnung was dabei rauskommt, es ist definitiv ein weiterer Schritt."

„Genau, ich geb´s mal im Herold ein. Vielleicht gibt es da ja auch eine Telefonnummer und wir könnten dort anrufen. Einfach mal fragen, wer dort jetzt wohnt und ob sie was von Wanderer wissen."

„Na dann, viel Glück!"

„Das haben wir gleich!"

Tom ging zu seinem Schreibtisch, setzte sich auf den grünen Drehstuhl und schaltete seinen Bildschirm ein. Dann rief er die Seite des Onlinetelefonbuchs auf und gab Adresse und Name ein. Kein Ergebnis.

„Und, wundert dich das?"

„Nicht wirklich, aber wir haben es wenigstens versucht und können es nun abhaken. Nächster Schritt; ich werde mal Google befragen, was es mit dieser Adresse auf sich hat."

Jetzt tippte Tom Grunbauerweg 27 + Wanderer ein. Das Ergebnis war etwas unübersichtlich – Wanderwege, Landkarten, Bergschuhe – und unergiebig.

„Ich finde hier nur Schrott." Tom war etwas ungehalten ob der Ergebnisse. „Ich werde Wanderer weg lassen und nur die Adresse eingeben, dann wissen wir wenigstens Mal wo sich der Sitz des Verlages befindet."

„Der Sitz des Verlages", äffte ihn Marc nach. „Hochtrabender geht's wohl nicht." Er lachte. „Aber du hast recht, auch Zwerge werfen lange Schatten."

„Also, Grunbauerweg 27, Enns."

Das Ergebnis führte Punkt genau zu einer Landkarte und somit zur Adresse.

„Na dann, wann haben wir Zeit für einen Lokalaugenschein?"

„Du, jetzt nicht, ich muss mich echt noch um Mathe kümmern. Wir haben nächste Woche die letzte Schularbeit und ich brauch zumindest einen Dreier, sonst wird das nichts mehr."

„Einen Dreier könnte ich auch brauchen." Tom lachte

„Du sitzt ohnehin an der Quelle, zwei Clicks entfernt, könnte man sagen."

„Jaja, sehr lustig. Ich werd mal schauen, wie wir dorthin kommen und ob ich noch etwas finden kann. Das Internet vergisst ja nichts."

„Das mag sein, nur zu dieser Zeit waren die wenigsten Leute im Internet aktiv, da wirst du nichts finden."

„Abwarten mein Lieber. Widme dich deinen Zahlen, damit du zum Ziel kommst. Zu deinem Dreier!"

Tom hörte nicht wie seine Zimmertür zugezogen wurde. Er war bei der Sache, versunken in Gedanken. Eine gewissenhafte Internetrecherche benötigte Zeit. Es war bei weitem nicht so, wie die meisten dachten: man gibt ein Schlagwort ein und hat prompt das Ergebnis. Das war, wenn man die neuesten Nike-Schuhe suchte der Fall, beim letzten Promitratsch vielleicht, aber wenn man Fakten suchte und diese auch überprüfen wollte, dann musste man schon etwas Zeit und guten Willen investieren, im Handumdrehen ging da gar nichts.

Das dritte Buch von Roland Wanderer. Dieser sollte sich nun das altbekannte Sprichwort zu Herzen nehmen: aller guten Dinge sind drei, auch wenn es sich hier um kein gutes Buch handelt. Wanderer schreibt sein drittes Buch routinierter als die beiden Vorgänger. Seine Schilderungen sind mittlerweile realistischer, auch wenn es der Plot an sich nicht ist. Eine an den Haaren herbeigezogene Story.

Kritik zu FLΛCHS, 1999

10

„Das passt aber so gar nicht zu ihm."

„Hab ich mir auch gedacht, aber er hat einige Lesungen mit *Flachs* gemacht. Kleine Auftritte, in Buchhandlungen und in kleinen Kulturvereinen, solche, die dir den Rahmen zur Verfügung stellen, aber nichts zahlen können. Ausgenommen sie beziehen eine kleine Förderung, die sie auch ausgeben müssen, damit sie sie im kommenden Jahr wieder erhalten."

„Ein Knochenjob."

„Möglich, kommt vielleicht auf die Jahreszeit an, im Sommer wird's wahrscheinlich angenehmer sein."

„Wahrscheinlich. Und was machen wir mit dieser Information jetzt?"

„Ich hab schon etwas gemacht."

„Was denn?"

„Ich hab versucht herauszufinden, wo er überall gelesen hat."

„Und?"

„Von Mai bis Oktober 1999 hat er sieben Lesungen gemacht."

„Auch nicht grad eine Welttournee."

„Das nicht, aber egal, siehs dir einfach mal an, und dann sag mir, was du siehst." Er reichte Marc ein A-4-Blatt mit einer Liste an Daten und Orten. Der überflog sie und sah erwartungsvoll zu Tom.

„Na, was sagen dir diese Orte?"

„Gar nichts, sie sind alle im Raum Oberösterreich, einer ist in Wien."

„Richtig, und weiter?"

„Nichts weiter. Wie bist du eigentlich darauf gekommen? Man findet doch so gut wie nichts über Wanderer im Netz."

„Nicht auf den ersten Blick. Du hast Mathe gebüffelt und ich habe hier recherchiert. Im Netz."

„Wunderbar, und worauf willst du jetzt hinaus?"

„Mensch, du hast echt null Ahnung. Was merkst du dir eigentlich, wenn du ein Buch liest, den Titel?"

„Meistens, warum?"

„Weil all diese Ortschaften in *Unterwegs* vorkommen."

Marc lehnte sich auf Toms Couch zurück und verschränkte die Arme hinter seinem Kopf. Er sah stumm zur Decke. Dann senkte er wieder seinen Blick und wandte ihn Tom zu: „Weißt du, neben dir, kann man sich manchmal schon ganz schön blöd vorkommen. Sag mir doch einfach worum es geht, worauf willst du hinaus?"

„Sorry, sorry, aber du weißt, ich bin total im Thema drin, wir sind da einer ganz großen Sache auf der Spur. In *Unterwegs* geht es doch um diesen Vertreter, der wohin er auch kommt, mordet."

„Und seine Getränke verscherbeln möchte, das weiß ich; er hat dann zum Schluss den Autounfall, sonst wäre er wahrscheinlich noch heute unterwegs."

„Wahrscheinlich. Nun, damals, als das Buch erschienen ist, nach dem *Priester*-„

„Der nicht erschienen ist!"

„Genau, der Verlag benötigte schnell einen Ersatz und ein halbes Jahr später stand *Unterwegs* in den Buchhandlungen. Messmer schrieb es, in für ihn relativ kurzer Zeit. Wember hat mir ja erzählt, dass er bei diesem Buch nicht auf der Höhe seiner Schaffenskraft war, also hat er, eine reale Mordserie als Vorlage genommen und sie in diesem Buch verarbeitet."

„Klingt plausibel. Er war gerade leergeschrieben und brauchte eine Inspiration."

„Du stehst hier also offensichtlich immer noch auf der Leitung."

„Ich sitze. Sag einfach, was du sagen möchtest."

„Fällt dir nichts auf? Das kann doch kein Zufall sein!"

„Du glaubst das doch gerade nicht selbst, was du hier andeutest. Messmer ist ein Serienkiller? Unterwegs in der Landschaft, liest er aus seinem neuen Buch Flachs und nach der Lesung schlitzt er ein paar Kehlen auf? Ist das dein Ernst?"

„Sieh dir einfach mal die Reihenfolge der Ortschaften der Lesetour an und vergleiche sie mit den Morden."

Marc nahm das Blatt von Tom entgegen und legte es neben den Ablauf der Lesungen. Es gab fünf Übereinstimmungen. Das war aber auch schon alles. „Nein, nein, mein Lieber, das konstruierst du uns aber jetzt nicht zusammen. Es mag auf den ersten Blick interessant aussehen, aber es ist ein Blödsinn. Wenn dem so wäre, warum sollte er das tun?"

„Erstens, weil niemand wusste, dass er Wanderer ist. Zweitens, weil er sich deswegen sicher fühlte; und drittens, weil es für ihn einfach war, diese Geschichte an bereits geschehenen Morden aufzuhängen. Er hatte offensichtlich keine neuen Ideen und so bat es sich an, dass er reale Vorkommnisse in seinem Buch verarbeitete."

„Sehr konstruiert."

„Möglich, für mich ist es sehr offensichtlich, was hier Sache ist."

Marc erhob sich von seinem Bürostuhl.

„Für mich auch. Du steigerst dich einfach viel zu viel in die hinein, anfangs hatte das alles ja noch seinen Reiz, aber jetzt, du schnappst ja fast über, vielleicht würde dir eine Pause gut tun."

„Ach was. Vielleicht irre ich mich ja auch, du musst aber zugeben, eigenartig ist es schon."

„Wenn man es so sehen möchte. Es gibt aber auch Zufälle im Leben, nicht hinter jeder Ecke wartet ein Mörder. Schlag dir die Idee aus dem Kopf. Das was wir hier tun, ist für sich schon etwas Großes. Vielleicht finden wir ihn ja. Was machen wir dann eigentlich?"

Tom musste ehrlich zugeben, dass er sich darüber noch gar keine Gedanken gemacht hatte. Wenn sie Messmer wirklich aufspüren würden, was sollten sie dann tun? Natürlich würden sie es nicht an die große Glocke hängen, darum ging es ihnen ja gar nicht. Er musste sich wirklich ein paar Fragen überlegen, was er von Messmer wissen wollen würde. Sonst würde er ein Gespräch wie mit Wember führen, der selbst vorgegeben hatte, wohin die Richtung ging. Da jagte man ein Leben lang einem Phantom nach, kann es endlich einholen und bringt dann den Mund vor lauter Ehrfurcht – oder was genau war es denn – auf. Oder würden sie nur auf Wanderer treffen, der jegliche Verbindung zu Messmer leugnete und ihnen klar u machen versuchte, dass sie sich geirrt hatten und er nur ein einfacher Werbefachmann war, der in ein paar Jahren seine wohlverdiente Pension anzutreten gedachte. Sie würden es früh genug herausfinden, zumindest das war jetzt einmal sicher.

Nach seinem abermaligen Läuten hatte immer noch niemand die Türe geöffnet. Hinter den Fenstern der Gaststube war nichts zu erkennen. Kein Gesicht lugte hinter einem Vorhang hervor, kein Schatten bewegte sich und kein auch noch so fernes Geräusch war zu vernehmen. Die Luft flimmerte über den Asphalt. Nicht die Ahnung eines Windhauchs. Die Sonne brannte erbarmungslos hernieder und er wischte sich mit einem Papiertaschentuch den Schweiß von der Stirn. Kein Mensch auf der Gasse und kein Zeichen, das auf Bewohner schließen ließ. Und trotzdem ein Gasthof, ein Kaufladen und ein Brunnen aus dem eine Katze trank. Mittwochs Nachmittag in der Einöde, er war angekommen.

(UNTERWEGS, 2008)

11

Er hatte sich gerade an seine Schreibmaschine gesetzt, als das Telefon läutete. Er besaß kein Handy. Sein Telefon war noch einer jener Apparate, die am sogenannten Festnetz hingen. Darauf hatte er bestanden. Und auf ein Telefon mit Wählscheibe. Es musste auf die Fernmeldetechniker etwas exzentrisch gewirkt haben, andrerseits war er nicht der einzige, mit solch einem Wunsch gewesen. Es gab sie immer wieder, die Querulanten, oder eben jene, die einfach die Veränderung und den Fortschritt scheuten oder gar versuchten aufzuhalten. Ein sinnloses Unterfangen, selbst er hatte das zur Kenntnis nehmen müssen.

Das Telefon schrillte immer noch. Er stand auf und schritt langsam in den Vorraum seines Hauses. Insgeheim hoffte er, dass das Läuten aufhören würde noch bevor er den Apparat erreicht hatte. Er nahm ab. Ein alter Bekannter, oder sollte man sagen Mitarbeiter? Sie hatten sich schon lange nicht mehr gehört, es hatte keinen Anlass dazu gegeben. Er selbst pflegte Freundschaften mehr schlecht als recht und der andere, am anderen Ende der Leitung, hatte wohl bisher auch keinen Grund gehabt, sich zu melden. Das hatte sich anscheinend geändert.

„Was willst du?"

„Mhm."

„Interessant."

Eine Verabschiedungsformel war nicht notwendig. Er legte den Höher mit derselben Gleichgültigkeit auf, wie er ihn abgenommen hatte. Dann ging er zu seinem Schreibtisch zurück, spannte ein leeres Blatt in seine Schreibmaschine ein und begann zu tippen. Rund um ihn schien alles zu verschwimmen, verabschiedete sich die Realität und nur die Wörter auf dem Papier schienen den Raum mit Leben zu füllen. Oder war es genau umgekehrt? Und all das, was diesen Raum, diese Welt ausmachte, manifestierte sich am Papier, fand Abbild in den Worten, welche er behutsam und mit Bedacht aufs Papier gleiten ließ. Buchstabe für Buchstabe, Satzzeichen für Satzzeichen. Ohne Eile, aber auch ohne Verzögerung. Er hatte noch so viel vor.

...man merkt, dass R. Wanderer keine Frau ist. Ihm fehlt einfach das Einfühlungsvermögen, das nötig ist, um eine realistische Liebesgeschichte auch als solche niederschreiben zu können. 1 von 5

Kritik zu MORGENRÖTE, 1996

12

„Wember ist tot!"

„Was?"

„Du hast schon richtig gehört, Martin Wember ist tot, er hat Selbstmord begangen."

„Du hast ihn wohl mit deinen Fragen zu sehr gelöchert."

„Das ist wohl etwas zu weit hergeholt. Nein, ich denke nicht, dass er aus diesem Grund seinen Vorrat an Schlaftabletten runtergeschluckt hat."

„Vielleicht war er depressiv, so etwas soll doch unter Künstlern recht häufig vorkommen."

„Wember war kein Künstler; er war Lektor. Er hielt den roten Faden in der Hand und er wusste, wohin die Beistriche kamen, er war kein Künstler."

„Na wie du meinst. Kann es sein, dass dein Treffen mit ihm etwas ausgelöst haben kann?"

„Das glaube ich nicht, er wirkte äußerst abgeklärt, dieses Kapitel schien für ihn abgeschlossen zu sein."

„Man kann nun mal nicht in andere hineinsehen. Schade, was hat er eigentlich noch gemacht, war er weiterhin Lektor?"

„Ja. Er hat weiterhin Autoren redigiert und geführt. Es war sein Job."

„Ich hätte ihn ohnehin nicht gekannt, wenn du nicht von ihm erzählt hättest."

„Ja. Egal. Nur warum gerade jetzt? Anscheinend hat ihn unser Gespräch doch etwas aufgewühlt."

„Das glaubst du doch selbst nicht. Wenn er sich umgebracht hat, dann hat das eine längere Vorgeschichte. Eine Depression poppt ja nicht einfach auf und du bringst dich um. Das geht ja schleichend, da musst du dir keine Gedanken machen, das hat nichts mit dir zu tun."

Tom machte sich auch diesbezüglich keine Gedanken. Dass sein Termin mit Wember dessen Selbstmord auslösen könnte, daran glaubte er nicht. Es war natürlich etwas unheimlich, die zeitliche Nähe zu diesem Nachmittag, zu all den Recherchen zu Messmer, wäre das hier ein Roman, dachte er bei sich, dann wäre das die unvorhergesehene Wendung gewesen, dessen Auflösung wohl bis zu den letzten Seiten auf sich warten lassen würde. Es war wohl an der Zeit, das Internet zu befragen, welche Zugverbindung am Wochenende für sie in Frage kommen würde. Es war an der Zeit, sich auf den Weg zu machen, herauszufinden, ob der Grunbergweg 27 eine Antwort für sie bereithalten würde.

„Ich check uns zwei Einfach-Raus-Tickets."

„Was?"

„Das nennt sich so, kostet nur die Hälfte."

„Die Hälfte wovon?"

„Vom Vollpreisticket, wir sind einfach schon zu alt. Aber wir kriegen diese Einfach-Raus-Geschichte."

„Geht klar, was kriegst du?"

„35 Euro."

„Ich sags meiner Mutter, die sponsert das locker, ist ja eine Bildungsreise." Marc musste lachen. Tom beendete die Transaktion und druckte umgehend die beiden Tickets aus. Samstag, halb elf, würde es so weit sein.

Der Tisch war gedeckt. Wie mit dem Lineal waren die Abstände zwischen den Tellern, Gläsern und dem Besteck gleich bemessen. Die Farben waren aufeinander abgestimmt, die Dekoration unterstrich die Besonderheit des Mals; hier war nichts dem Zufall überlassen worden. Und so wollte es auch weitergehen. Jeder Gang hatte als Begleiter das passende Getränk, zu jedem Stück Fleisch gab es eine dazu abgestimmte Beilage. Zu jedem Stück Fleisch gab es eine Geschichte, die er seinen beiden Gästen nicht erzählen konnte, noch nicht. Erst wenn sie beim letzten Gang angekommen waren, dem einzigen ohne Fleisch, wenn das Mittel langsam seine Wirkung zu entfalten begann, ja dann würde er beginnen zu erzählen, welche Stücke er verwendet hatte und welche Stücke er von ihnen beiden verwenden würde.

(ANGERICHTET, 2004)

13

„Ich war schon Ewigkeiten nicht mehr mit dem Zug unterwegs."

„Der letzte Schikurs, oder?"

„Ja, genau, wohin sollte ich sonst fahren?"

„Jaja, egal. Wir sind jetzt einmal für die nächsten eineinhalb Stunden unterwegs. Unser Anschlusszug fährt eine Stunde, nachdem wir in Linz angekommen sind. Mit dem sind wir aber nur zwanzig Minuten unterwegs."

„Ok, und wenn wir dort sind?"

„So wie wir es besprochen haben, wir schauen mal, wo dieses Haus genau liegt, oder ob es noch steht, keine Ahnung, es ist unser einziger Anhaltspunkt, das weißt du ja."

Zugfahrten mögen in Filmen ja idyllisch wirken, langsam setzen sich die Räder in Bewegung, es gibt Verabschiedungen und manchmal sogar die eine oder andere Träne. Die Landschaft zieht am Fenster vorbei der Fahrgast lernt jemanden im Abteil kennen, mit dem sich ein anregendes Gespräch führen lässt. Das anregende Gespräch gab es im Fall von Tom und Marc nicht. Es gab auch kein Abteil mehr. Sie saßen eng beieinander und sahen in ihre Handys. Jeder für sich. Mittlerweile waren

Züge in einem rasanten Tempo unterwegs, die Strecke Wien-Linz war in nicht einmal eineinhalb Stunden zurückgelegt, das war die Länge eine Spielfilms, den man sich, via Handy, auf Netflix ansehen konnte. Von Messmer gab es noch keine Verfilmungen. Es hatte sich noch niemand getraut, eine Bearbeitung der dichten und intensiven Schilderungen der Abgründe menschlicher Perversion in Betracht zu ziehen

Am Bahnhof in Linz, angeblich der schönste Bahnhof des Landes, wurde man, wenn man den Haupteingang benutzte, von zwei Löwen begrüßt. Im Inneren gab es die üblichen Geschäfte und Imbissmöglichkeiten, Zeitungskolporteure und Informationspersonal, das einem, falls man konkrete Fragen hatte, konkret und geschickt auswich.

Marc und Tom vertraten sich nach der ersten Etappe ihrer Fahrt erst einmal die Beine. Sie schlenderten ein wenig ziellos durch die ebenerdige Ankunftshalle und schienen ein wenig orientierungslos.

„Mann, eine ganze Stunde warten, und noch dazu am Bahnhof."

„Naja, es sind nur noch knappe fünfzig Minuten. Holen wir uns was zu Trinken."

Die Zeit am Bahnhof hatte keine Chance gegen den Lauf der Dinge und musste ebenso vergehen. Tom und Marc verbrachten die kurze Fahrt nach Enns wieder vertieft in ihre Handys. Ihr Ziel war nicht weit vom Bahnhof entfernt, ein Spaziergang, welcher keine halbe Stunde dauern würde.

„Meine Herren, was darfs denn sein?"

„Für mich einen Toast und ein Cola."

„Und Sie?"

„Ich nehm die Frankfurter und einen Almdudler."

Der Kellner des kleinen Gasthauses entfernte sich wieder wortlos. Tom und Marc hatten beschlossen, bevor sie die letzten Meter ihrer Reise antreten würden, sich noch einmal zu stärken. Es war mittlerweile früher Nachmittag und das Frühstück hatte schon längst nachgelassen. Google-Maps hatte ihnen davon berichtet, dass sie nur wenige Gassen vom Grunbauerweg entfernt waren. Umso näher sie ihrem Ziel kamen, desto weniger fühlten sie sich in ihrem Unternehmen bestärkt.

„Was ist, wenn das alles nur ein verblödeter Zufall ist."

„Was meinst du?"

„Die Adresse, der Name, wenn wir, wie man so schön sagt, auf dem Holzweg sind und es hier überhaupt nichts für uns zu finden gibt."

„Kann sein, also wir wissen ja noch gar nichts, wir müssen ja erst mal hin, oder?"

„Na du klingst aber nicht überzeugt."

„Überzeugen können wir uns erst vor Ort, aber ich glaube, dass wir zumindest einen Hinweis vorfinden werden."

„Einen Hinweis worauf?"

„Möglicherweise, dass Wanderer wirklich einmal dort gelebt hat."

„Und dann?"

„Ja nichts, keine große Sache, oder vielleicht doch?"

Dass Tom, so kurz vor dem Ziel, eine regelrechte Unsicherheit an den Tag legte, verwunderte Marc aufs Äußerste. War nicht er jener der beiden gewesen, die das ganze Unternehmen, wenn man es so nennen konnte, vorangetrieben hatte? Und jetzt das? Nein, nein. Sie würden sich, nachdem sie sich gestärkt hatten, auf den Weg machen und das Geheimnis dieser Adresse lüften. Darum ging es heute, wie auch immer das Ergebnis aussehen mochte. Der Kellner brachte die bestellten Speisen, schenkte beiden die Gläser halbvoll und war am Gehen, als ihm Marc eine Frage stellte: „Kennen sie eigentlich einen Rudolf Wanderer, er wohnt hier gleich um die Ecke."

„Wanderer, ist mir nicht bekannt. Aber ich kann den Chef fragen, der kennt alle Stammgäste."

„Ist nicht so wichtig, aber danke."

Der Kellner ließ die beiden zurück. Tom sah Marc an und sagte: „Wir haben doch ohnehin die Adresse."

„Ja, aber vielleicht hätte er etwas gewusst, vielleicht war Wanderer hier Stammgast."

„Ja, vielleicht. Lass uns essen, mein Magen knurrt schon unentwegt."

Ein fahrender Vertreter wie es ihn heute nur noch selten gibt. Was als fröhlicher Ausflug beginnt, endet in einem Horrortrip.

Kritik zu UNTERWEGS, 2008

14

Er versicherte sich, dass beide Riegel fest im Schloss saßen. Dann schloss er die zweite, der beiden Türen, dreht den Schlüssel zweimal herum und stieg Stufe für Stufe die Treppe hinauf. Oben angelangt zog er die Kellertüre hinter sich zu. Kurz darauf wusch er in der Küche seine Hände mit Seife und heißem Wasser. Ein roter Schleier bedeckte den Boden des Abwasch-beckens. Er sah dem Wasser nach, wie es langsam weniger wurde und letztendlich, mit einem leisen Gurgeln, im Abfluss verschwand. Dann begab er sich in sein Schreibzimmer und setzte sich hinter den schweren Tisch auf dem er seine Schreibmaschine platziert hatte. Er überflog die letzten Sätze, die er am Vormittag getippt hatte, ließ seinen Blick kurz zum Fenster gleiten um inne zu halten. Er atmete mehrere Male tief ein und wieder aus. Die Uhr an der Wand zeigte kurz nach dreizehn Uhr. Dann ließ er seinen Gedanken, durch die Maschine auf das Papier ihren Lauf.

„Ich glaube, dass wir gleich da sind, siehst du." Tom hielt Marc sein Handy unter die Nase. Google-Maps zeigte eindeutig an, dass sie sich kurz vor der Markierung befanden. An der nächsten Ecke wies das Straßenschild darauf hin, dass sie sich, wenn sie nun links abbiegen würden, sich am Grunbauerweg befinden würden.

„Sieht relativ nichtssagend aus.

„Was hast du erwartet, eine blutige Straße, Leuchtreklamen? Wir sind in einer kleinen Stadt am Land, das wars dann auch schon. Lass uns lieber mal nachsehen, auf welcher Höhe wir sind. Siehst du irgendwelche Hausnummern?"

„Dort drüben ist 45. Wir müssen also auf die andere Seite."

Sie querten die Straße, auf der, etwas entfernt, einsam ein Wagen fuhr. Dann schritten sie den Gehweg entlang, vorbei an den Häusern mit ungeraden Hausnummern. Kleine und noch kleinere Gebäude mit gepflegten und ebenso ungepflegten Vorgärten.

„Hier ist 31. Es muss das übernächste Haus sein. Siehst du, das Grundstück mit der Hecke."

Die beiden Knaben knieten nebeneinander und hatten ihre Hände zum Gebet gefaltet. In ihrem tiefsten Inneren, bis in die letzte Faser ihres Herzens wandten sie sich an Gott. Dass er sie erlöse. Dass er einmal so barmherzig war, wie es ihnen immer gepredigt worden war. Doch es gab keine Reaktion. Wahrscheinlichen waren ihre Gedanken immer noch zu unrein, nur ein reines Herz konnte die Erlösung erfahren. Im Nacken spürten sie den Atem des Mannes in schwarz. Langsam und tief sog er die Luft in seine Lungen. Der jüngere der beiden, der links kniete, spürte eine flüchtige Berührung an seiner linken Seite. Dann wieder. Die Hand wanderte an seiner Seite hinab, strich nach vorne in Richtung Gürtelschnalle und wanderte tiefer. Da drehte sich der Junge um und blickte dem Priester in seine leeren Augen.

(DER PRIESTER, unveröffentlicht)

15

Er hatte sie vom Fenster aus gesehen. Sie waren am Zaun entlang geschlichen, hatten versucht durch die Hecke zu spähen und waren dann eine Weile vor dem Gartentor gestanden. In jenem Moment, in dem er den Vorhang wieder zurückgleiten ließ, schrillte die Glocke. Hatten sich die beiden nun also doch durchringen können, zu läuten. Langsam durchmaß er sein Schreibzimmer, sie würden warten, wenn es ihnen wichtig war. Er schritt den Flur entlang, an der Küche vorbei, bis er in den geräumigen Vorraum gelangte. Er öffnete die Eingangstür und machte einen Schritt ins Freie. Am Ende des Weges, vor der Gartentüre, sah er sie sehen. Sie mussten wohl noch zur Schule gehen, zumindest hatten ihre Gesichter, sofern er sie aus dieser Entfernung erkennen konnte, noch nicht jene Züge, die man sich am Anfang des Erwachsenenlebens aneignete, sie hatten wohl noch keine Verwendung dafür.

„Ja, bitte?"

Tom hatte ihn sofort erkannt. Ja, er war natürlich älter, die wenigen Bilder, die er von Messmer gesehen hatte, stammten aus seinen Dreißigern, jetzt war er Ende fünfzig. Und wie er so da stand, im Trainingsanzug mit neongelbem Nikeshirt, ein wenig exzentrisch, könnte man glauben. Es passte so gar nicht ins Bild, das Tom sich zurechtgelegt hatte. Vor Aufregung brachte er kein Wort heraus, jetzt nur nichts Falsches sagen, dachte er bei sich.

„Wir sind auf der Suche nach Messmer", Marc hatte die richtigen Worte gefunden. Tom stieß ihm mit seinem Ellbogen in die Seite. „Was denn?"

„Das ist wohl nicht der passende Einstieg", raunte er Marc zu.

„Messmer? Wohnt hier nicht!"

„Das stimmt, Herr Wanderer, ein Messmer wohnt hier nicht."

Er hatte es immer gewusst, dass dieser Tag einmal kommen würde. Wie viele Male hatte er innerlich diese Szene schon durchgespielt? Dass er die Tür öffnen würde und-

„Wanderer, ja, das ist mein Name, was wollt ihr?"

Doch es standen nur zwei Jungen vor seiner Gartentür. Er hatte mit vielem gerechnet, aber mit zwei Halbwüchsigen? Nie und nimmer wäre er auf diesen Gedanken gekommen.

„Wir wollen mit ihnen sprechen, wenn es ihre Zeit zulässt."

„Ich bin ein schwer beschäftigter Mann, müsst ihr wissen, ich hab meine Zeit auch nicht gestohlen."

„Das ist uns klar, Herr Wanderer, es wäre uns sehr geholfen, wenn sie sich etwas Zeit nehmen könnten."

„Ich weiß ja nicht einmal wer ihr seid.“

„Mein Name ist Tom, das hier ist Marc. Wir sind zwei große Verehrer ihrer Kunst.“

„Meiner Kunst?“

„Ihrer Bücher.“

„Aber das ist lange her, schon gar nicht mehr wahr.“

„Wir wollen über Messmers Bücher sprechen.“

„Soso.“

„Kommen sie, wir haben einen langen Weg dafür zurückgelegt, nur um sie zu treffen.“

Was auch immer die beiden im Schilde führten, sie konnten nichts wissen. Vielleicht hatten sie eine Vermutung. Eine leichte Ahnung. Er machte sich schon wieder zu viele Gedanken. Sie wussten gar nichts. Sie wussten nicht einmal ob er Messmer oder Wanderer oder sonst wer war. Auf dem Weg zum Gartentor überlegte er, was er ihnen wohl anbieten könnte, fürs Erste. Er würde sie in sein Wohnzimmer bitten, Kaffee und Kuchen anbieten, oder Gebäck, was er in der Küche so aufbewahrte. Dann sollten sie ihm eben all die Fragen stellen, die sie auf dem Herzen hatten. Er würde schon die richtigen Antworten finden, er hatte sich nicht umsonst vorbereitet.

„Das ist er, definitiv", raunte Tom Marc zu, als die beiden den Weg zum Haus entlang schritten. Zwei Stufen hoch, durch die Eingangstür, befanden sie sich im Vorraum des Hauses.

„Die Schuhe könnt ihr anbehalten! Folgt mir!"

Vorbei an der Küche, durch das Arbeitszimmer, ins offensichtliche Wohnzimmer, direkt aufs Sofa. Marc und Tom ließen sich nieder. Wanderer deutet mit einer Handbewegung an, dass er gleich wieder da sein würde und verließ den Raum, um offensichtlich in die Küche zu gehen. „Das ist er, da verwette ich alles drauf."

„Ja, da magst du schon recht haben, das ist Wanderer, hat er ja gesagt." Marc grinste Tom an.

„Eben, und Wanderer ist Messmer."

„Abwarten."

„Zweifelst du etwa?"

„Nein. Aber warten wir mal ab, was er uns zu erzählen hat, ob er zugibt, dass er Messmer ist. Vielleicht kriegen wir ja auch den Priester zu lesen-„

„Welchen Priester?" Rudolf Wanderer hatte soeben den Raum betreten. Er hielt ein reichlich befülltes Tablett in den Händen. „Ich habe schon lange nichts mehr mit der Kirche zu tun, ich glaube, ich kann euch da nicht weiterhelfen." Wanderer stellte das Tablett auf den Tisch und teilte Gläser aus. Die Schüssel mit den Keksen stellte er in die Mitte des Tisches. „Nehmt euch, greift zu." Dann schenkte er jedem sein Glas bis unter den Rand mit einer fast durchsichtigen Flüssigkeit voll und stellte danach den Krug wieder aufs Tablett zurück. „Zitronenlimonade, mit Grapefruit, dann hat sie einen leichten Bittergeschmack. Hab ich mal auf einer meiner Reisen getrunken und seitdem kann ich nicht mehr davon lassen."

„Reisen sie viel?"

„Schon lange nicht mehr. Ich bin sesshaft geworden, könnte man sagen."

Tom nickte und griff nach dem Glas vor sich. Er nahm einen kleinen Schluck, dann stellte er es wieder zurück. An den Grapefruitgeschmack musste man sich erst einmal gewöhnen, stellte er fest.

„Also, meine Lieben, was genau führt euch zu mir? Ich kann es mir beim besten Willen nicht vorstellen."

„Nun", eröffnete Tom das Match, „ich denke, sie können sich vorstellen, warum wir zu ihnen kommen."

„Nun, eine Gegenfrage als Antwort ist einem Gespräch nicht gerade förderlich, aber ich will mal nicht so sein, ich kann mir sehr gut vorstellen, was ihr von mir wollt."

„Richtig, sie sind Messmer", platzte es aus Marc hervor.

„Marc ist immer gleich so direkt und fällt mit der Tür ins Haus. Wir sind Fans. Wir haben all ihre Bücher gelesen. Seien es die allseits bekannten Messmer-Thriller, als auch ihre ersten drei Bücher unter ihrem bürgerlichen Namen."

„Mein Name ist Wanderer, Rudolf Wanderer, ob er bürgerlich ist, ich weiß es nicht, aber es ist mein Name. Er steht auch so in meinen Dokumenten."

„Ja, aber sie schreiben auch Bücher unter dem Pseudonym Messmer."

„Wenn ich unter einem Pseudonym schreibe, wie kann es sein, dass ihr dann auf einen Herren mit dem Namen Wanderer kommt?"

„Weil wir schlau sind."

„Oder auf dem Holzweg."

„Das glauben wir nicht. Nachdem wir Flachs gelesen hatten, war uns klar, dass es sich dabei um dieselbe Person handeln musste, die auch die Messmer-Bücher verfasst hatte. Also um sie."

Genau wie er es vermutet hatte, sie wussten gar nichts. Lediglich, dass er Messmer war. Beweise für diese Annahme konnten sie natürlich keine haben, welche denn. Der Verlag hielt dicht, alleine schon aufgrund der Unsummen, die er ihm mit seinen Büchern bescherte. Und Wember war tot, der konnte nichts mehr ausplaudern.

„Ich glaube, meine Limonade ist nicht mehr ganz frisch, ich hole uns etwas Neues. Gebt mir eure Gläser." Wanderer erhob sich aus seinem Sessel, beugte sich über den Tisch und stellte die Gläser der beiden wieder auf das Tablett zurück. Der eine hatte nur genippt, der andere noch gar nichts getrunken, gut so! Dann ging er wieder in die Küche zurück.

„Eigenartig", sagte Tom fast flüsternd.

„Was ist eigenartig?"

„Er hat sie nicht einmal gekostet."

„Wen?"

„Die Limonade. Ich meine, wie weiß er, dass sie nicht mehr gut ist?"

„Vielleicht hat er sie schon in der Küche gekostet", versuchte Marc Toms Unbehagen zu zerstreuen.

„Warum serviert er sie dann?"

„Also, wie kommt ihr darauf, dass ich dieser, wie heißt er noch gleich?"

„Messmer, aber das wissen sie ganz genau."

„Wie kommt ihr also darauf, ihr müsst doch Beweise haben. Nur weil sich zwei Schreibstile ähneln. Was glaubt ihr, wie viele Autoren dafür bezahlt werden, andere Stile zu kopieren."

„Das mag sein. Warum sollte jemand den Schreibstil eines unbekannten und erfolglosen Autors kopieren? Das ergibt doch keinen Sinn."

„Da hast du wohl Recht, mein Junge."

„Und, es gibt einen viel wesentlicheren Punkt als nur das."

Wanderer horchte auf. „Welchen denn?"

„Die Lesetournee."

„Welche Lesetournee?"

„Die sie mit Flachs absolviert haben."

„Da gab es doch keine Lesetournee."

„Nun, es gab einige lose Lesungen, wenn sie so wollen."

„Und was besagt das?"

„Diese Tournee ist quasi die Vorlage zu Messmers *Unterwegs*."

„Ich dachte das Buch *Unterwegs* beruhe auf wahren Begebenheiten."

„Das stimmt schon, aber das wäre dann wohl ein großer Zufall, wenn sie nicht auch, in den meisten der Orte, einen Auftritt gehabt hatten."

„Und worauf wollt ihr hinaus?"

„Sie sind Messmer, es ist ihr Stil und Unterwegs beruht nicht auf Zeitungsberichten oder Akteneinsicht, sondern auf den Stationen ihrer Lesetournee. Ein blöder Zufall, der uns aber in die Hände gespielt hat."

„Und ihr erwartet jetzt, dass ich alles so einfach zugebe? Wenn Messmers Identität so streng geheim gehalten wird, glaubt ihr doch nicht selbst, dass ihr hier anläuten könnt, und ich sag: Ja, erwischt!"

„Nun, sie brauchen nichts befürchten. Wir werden diese Information an niemanden weitergeben. Es ist uns einfach eine Freude, sie zu entdeckt und so kenn gelernt zu haben. Es würde uns ohnehin niemand abnehmen, dass wir in Messmers Wohnzimmer gesessen sind und Limonade getrunken haben. Apropos Limonade, darf ich ihre Toilette benutzen?" Wanderer sah Tom an.

„Du hast ja lediglich genippt und musst schon aufs Klo?"

„Wir waren vorher Mittagessen, ich dachte, ich halte länger durch."

„Klar, wie wir reingekommen sind, einfach durchs Arbeitszimmer, gegenüber der Küche die Tür, da befindet sich das WC."

Und als er sie zum ersten Mal im Mondlicht sah, glänzten seine Augen und sein Herz sprang vor Freude. Sie befanden sich am Strand, an dem er sie am Nachmittag entdeckt hatte, als sie ihren Körper im gleißenden Sonnenlicht badete. Jetzt umspielten die Wellen zärtlich ihre Füße und benetzten den Saum ihres langen, weißen Kleides, das in der zarten Brise leicht umherflatterte. Als hätte er es nicht schon am Nachmittag gewusst, diese Frau hatte ihm der Himmel gesandt. Ein Engel war für ihn geboren worden. Sie blickten sich tief in die Augen, fassten nach ihren Leibern und versanken in einem nicht enden wollenden Kuss.

(MORGENRÖTE, 1996)

16

Tom schloss die Türe hinter sich. Er sah sich ein wenig um und musste bemerken, dass er sich in einem Haus befand, das so gar nichts damit zu tun hatte, was er erwartet hatte. Hier deutet wirklich gar nichts darauf hin, dass sie sich im Haus eines erfolgreichen Schriftstellers befanden. Selbst das Arbeitszimmer, das er jetzt durchquerte, wartete lediglich mit einem Bücherregal, einem Schreibtisch samt Unordnung und sonst rein gar nichts auf. Tom konnte nicht umhin, einen Blick auf das, in der Schreibmaschine eingespannte Blatt zu werfen. Was sollte es schon ausmachen, wenn er den Absatz überflog, an dem Messmer wohl gerade geschrieben hatte, als sie draußen geläutet hatten.

„Ah, da ist dein Freund ja wieder."

Tom setzte sich neben Marc wieder auf die Couch. Dann fragte er Messmer: „ Haben sie gewusst, dass wir kommen werden?"

„Woher sollte ich wissen, dass ihr kommt?"

Marc sah Tom verdutzt an. Wie kam er auf so eine abstruse Idee.

„Aber du hast Recht, ich habe euch gewissermaßen erwartet, oder zumindest mit eurem Erscheinen gerechnet.

Der Verlag hat mich informiert, dass zwei Fans auf der Suche nach mir seien. Und was weiß man schon, vielleicht finden sie ja auch heraus, wer sich hinter Messmer verbirgt. Und siehe da, ihr habt es geschafft. Gratulation."

„Der Verlag wusste lediglich von mir, von Marc hatte er keine Ahnung. Sie haben aber auf zwei Jungs gewartet."

„Ach, was solls, einer oder zwei, das macht doch keinen Unterschied."

„Wember muss sie informiert haben, er war der einzige, der wusste, dass Marc und ich auf der Suche nach ihnen waren."

„Ach Wember", sagte Messmer und stand von seinem Sessel auf. „Wember war eine tragische Figur, er hat sich umgebracht, vor kurzem, aber das wisst ihr vielleicht ohnehin schon."

„Ja, das wissen wir. Eine Überdosis Schlaftabletten."

„Er war ohnehin depressiv." Messmer stand nun vor einer Kommode, dessen erste Lade er langsam und bedächtig aufzog. „*Der Priester*, wollt ihr ihn lesen?" Kurz drehte er sich zu den beiden auf der Couch. Seine rechte Hand verschwand in der Lade.

„Natürlich, es wäre uns eine Ehre", sagte Marc.

„Tut mir leid," sagte Messmer, während er sich umdrehte. „Der Verlag würde es nicht erlauben, und wir wollen ja kein unnötiges Aufsehen erregen, gerade jetzt, wo wir so gemütlich beisammen sitzen." Die Pistole zeigte auf die beiden.

„Wissen sie, es war mir klar, als sie festgestellt hatten, dass sie uns ein neues Getränk bringen müssen. Was stimmte mit dem anderen nicht?"

„Es war schon etwas angedorben."

„Woher wussten sie das, sie hatten nicht einmal noch davon gekostet. Haben sie Wember getötet, damit er nicht ausplaudert, wo man sie finden kann?"

„Mein Gott, Junge. Das kann doch nicht wahr sein, ich sehe, ihr habt null Ahnung." Messmer drückte ab und erwischte Tom an der Schulter. Sein weißes T-Shirt begann sich, vom Blut, rot zu färben. Er atmete tief. Marc ergriff eines der neu gebrachten Gläser und warf es Richtung Messmer während der zweite Schuss krachte und ihn nur knapp verfehlte. In der Zwischenzeit hatte sich Tom ins Arbeitszimmer geflüchtet. Das zweite Glas traf Messmer an der Wange. Er zuckte zusammen, was ihn aber nicht davon abhielt, hinter Tom ins Arbeitszimmer zu flüchten. Tom versuchte mit seiner linken Hand die einzige Zimmerpflanze zu erreichen um sie nach dem Schriftsteller zu werfen. Er traf Messmer mitten im Gesicht. Aus der Nase blutend brach dieser zusammen.

„Marc, wo bist du?"

Marc kam aus dem Wohnzimmer angestürmt. „Was ist mit, ich glaube, mich hat er verfehlt."

„Es geht schon, raus mit uns, solange er hier liegt. Wir rufen die Polizei."

„Hast du hier irgendwo eine gesehen?"

„Mensch, nimm dein Handy."

Marc und Tom sprangen über die beiden Stufen zur Haustüre und liefen hastig den kurzen Weg zum Gartentor. Es war verschlossen. Tom drehte um und lief wieder Richtung Haus.

„Was hast du vor?"

„Ich hole den Schlüssel."

„Und du weißt wo er ist?"

„Nein."

„Dann lass uns einfach über den Zaun, bevor er wieder aufwacht."

Marc hatte recht gehabt. Die Hecke, die einen Zaun verdeckte mit geringer Höhe, war, auch trotz Toms Schussverletzung, leicht zu bezwingen. Sie rannten den Gehweg entlang, nur weg von hier, war ihr einziger Gedanken.

So realistisch hat schon lange niemand mehr die Einsamkeit des Landlebens geschildert. Die Tristesse der Abgeschiedenheit, das Dröhnen der Stille – so echt und abgrundtief hässlich - und trotz allem heimatverbunden.

Kritik zu DER WALD, 2005

17

Messmer stürzte die Kellertreppe hinunter. Stufe um Stufe hetzte er hinab. Vor der ersten, der beiden Stahltüren, blieb er stehen, holte seinen Schlüsselbund hervor und steckte den Schlüssel ins Schloss. Er drehte ihn zweimal nach rechts und zog an der Schnalle. Die zweite Tür entriegelte er daraufhin, drückte sie auf und trat in den Raum. Die Lampe über dem Bett brannte. Das Mädchen lag darauf. Sie hatte gerade in einem Buch gelesen, das sie nun beiseitegelegt hatte. Irgendetwas stimmte nicht mit ihm, kam es ihr in den Sinn. Er atmete schnell, anders als wie sonst, wenn er erregt war, Blut lief ihm die Wange hinunter und es lag ein Ausdruck der Panik in seinen Augen.

„Ich brauch dich nicht mehr, du bist frei, geh!" Mit diesen Worten drehte er sich wieder um und verließ den Raum. Sie hörte, wie er die Stufen hinauf stieg. Daraufhin folgte Stille. Sie richtete sich auf. War es einer seiner vielen Spiele, die er all die Jahre mit ihr getrieben hatte? War es eine Falle? Was bezweckte er damit? Wollte er eine Fluchtszene beschreiben? Sie war sich bewusst, dass sie keine Zeit für lange Überlegungen hatte. Ein einziges Mal nur, hatte er vergessen, eine der Türen abzuschließen, ein einziges Mal! Sie nahe wie jetzt, war sie, in all den Jahren, der Freiheit noch nie gekommen. Sie sprang vom Bett und lief zur Tür. Er war wirklich nicht mehr da. Der Kellerraum war menschenleer. Regale standen an der Wand, dazwischen eine Werkbank, mehrere Werkzeuge, von denen sie die meisten in schmerzhafter Erinnerung behalten würde. Sie würde sich nur im Spiegel betrachten müssen um seine sadistischen Spiele wieder zu durchleben. Die Stufen hoch, auch hier war niemand. Leise hörte sie das Klappern seiner Schreibmaschine; er musste wieder ins Arbeitszimmer gegangen sein. Sie fand die Haustüre unverschlossen. Das Klappern endete. Ihr stockte der Atem. Sie hatte Angst sich umzudrehen. Als sie vor die Türe trat, fuhr er mit dem Schreiben fort. Sie lief zum Gartentor, zog es auf und befand sich, nach so vielen Jahren, wieder in Freiheit.

Die Spitzen seiner Schuhe berührten fast den Boden. Nur wenige Zentimeter bewegte sich der baumelnde Körper hin und her. Es herrschte Totenstille im Haus. Die Spuren des vorangegangenen Kampfes waren noch deutlich sichtbar, Glassplitter lagen auf dem Teppichboden, Papiere, umgestoßene Pflanzen. Die Verwüstung, die die beiden hinterlassen hatten, war unbeschreiblich. Wie hatte es dazu kommen können, dass er so nachlässig gewesen sein konnte. Er hatte doch immer an alles gedacht. All die Jahre war ihm kein Fehler unterlaufen. Selbst als Wember die Ahnung eines Verdachtes kam, konnte er seine Bedenken zerstreuen. Wenig später hatte dieser ohnehin aufgegeben. Er war eben ein geborener Verlierer, genialer Lektor hin oder her. Dass er ihn letztendlich beseitigen hat müssen, lag doch auf der Hand. Was hatte er den beiden Jungen alles erzählt? Er hätte ihn doch fragen sollen. Aber das Beruhigungsmittel hatte ihn weitegehend außer Gefecht gesetzt, schon die Verabreichung der überhöhten Dosis des Schlafmittels war äußerst schwierig gewesen. So viele Umstände hatte er mit ihr nicht gehabt. In keinem der letzten zwölf Jahre, hatte es einen Zwischenfall gegeben; selbst als er einmal vergessen hatte, die beiden Türen im Keller zu versperren. Die letzten Zeilen fehlten noch. Die wichtigsten Zeilen. Zeilen, die noch nachwirkten, selbst wenn man das Buch schon wieder geschlossen und ins Regal zurückgestellt hatte. Würde ihm zum ersten Mal nichts Passendes mehr einfallen? Würde er zum ersten Mal ein Buch mit einem nichtssagenden Wort beenden, mit einem simplen

ENDE

Epilog

„Und sie wussten es die ganzen Jahre über?"

„Nun, nicht von Anfang an. Wir wurden erst darauf aufmerksam, während er *Der Wald* verfasste."

„Wie das?"

„Er tauschte sich damals des Öfteren mit Wember aus, ließ sich ein wenig bei der Struktur unter die Arme greifen."

„Messmer benötigte Unterstützung?"

„Ha, was glauben sie, was der Anteil des Lektorats an einem Buch ausmacht, sie würden staunen; Autoren bringen eine Story mit, einen bestimmten Schreibstil, Ideen, was auch immer, aber alles zusammen kommt in der freien Wildbahn nun mal äußerst selten vor, von der Rechtschreibung gar nicht zu sprechen."

„Und wie kamen sie nun darauf, dass Messmer seine Bücher quasi vorher selbst erlebt?"

„Wember hatte eine Ahnung, nichts Konkretes, nichts worauf etwas begründen konnte. Und auf der anderen Seite, Messmer hatte kurz davor einen Bestseller abgeliefert, einer den wir wirklich zu jenem Zeitpunkt nötig gehabt haben, die heilige Kuh schlachtet man nicht-„

„Ja?"

„Natürlich nicht, wenn sie jemand in ihrem Stall haben, der den Lesern nach dem Mund schreiben kann, so jemanden versuchen sie mit allen Mitteln zu behalten. So versuchten wir erst einmal nichts zu tun."

„Und was hat sie letztendlich dazu bewegt doch etwas zu tun?"

„Der Erfolg."

„Der Erfolg?"

„Natürlich, der Erfolg! Wir wollten Messmer ja nicht verlieren. Was hätten wir getan wäre er verhaftet worden? Wir hätten unser Zugpferd verloren."

„Aber wäre Messmer verhaftet und verurteilt worden, die Auflagen wären gestiegen und sie hätten weiterhin ein Riesengeschäft gehabt."

„Anfänglich ganz sicher, der Hype hätte sich aber mit der Zeit wieder gelegt, vielleicht wäre er beim Prozess, wenn es denn einen gegeben hätte, wieder aufgeflammt, möglicherweise bei einer Verfilmung seiner Taten. Aber über kurz oder lang und Messmer wäre einer von vielen geworden, ein paar Exemplare pro Tag, aber das wärs dann gewesen."

„Sie mussten ihn also unter Kontrolle bringen."

„Das sehen sie ein wenig zu dramatisch. Wir hatten ihn unter Beobachtung, kontrollieren mussten wir ihn nicht, wozu denn auch? Er schrieb seine Bücher, lieferte sie ab und wir veröffentlichten sie. Jeder bekam ein Stück vom Kuchen."

„Außer beim Priester, da zahlten sie drauf."

„Ja, das war eine nicht ganz einfache Angelegenheit. Der Priester war ihm ein richtiges Anliegen gewesen. Er wollte einerseits mit seiner Vergangenheit ins Reine kommen, andrerseits die Machenschaften und Verknüpfen der Kirche in unserem Land aufzeigen."

„Erklärt dieses Buch ein wenig seine Psyche?"

„Warum er das wurde, was er dann gewesen ist? Nein, zumindest war es keine rationale Erklärungsschrift, die darüber aufklärte, wie er so tickte. Es waren seine Erlebnisse aus drei Jahren Internat, das war alles. Vielleicht erklärte es seine Kompromisslosigkeit, möglich. Ich versuche stets nicht allzu viel in Bücher hineinzuinterpretieren. Letztendlich bedeuten die Worte ja ohnehin immer genau das, was man selbst gerne möchte."

„Und er ließ es einfach so zu, dass es nicht veröffentlicht wurde?"

„Rein technisch war dem nicht so. Es erschien schon, in einer Auflage von drei Stück. Diese Geschichte mit den Andrucken oder Rezensionsexemplaren ist eine Mär, es gab drei Exemplare, dann war Schluss. An diesem Buch hat er wahrscheinlich am meisten verdient."

„Wie viel?"

„Das ist doch egal. Wir konnten uns einfach keinerlei Aufsehen leisten. Keinen Prozess, keine öffentlichen Auftritte, und wenn sie auch nur vor Gericht stattgefunden hätten."

„Also gaben sie klein bei."

„Das kann man getrost so sagen."

„Und beobachteten ihn weiterhin."

„Natürlich, auch er brauchte einen Schutzengel."

„Wie meinen sie das?"

„So wie ich es sage."

„Und wenn er nicht mehr tragbar gewesen wäre, dann hätten sie der Polizei einen Tipp gegeben?"

„Warum hätten wir das tun sollen?"

„Damit man zum Beispiel Nadine hätte befreien können."

„Ich denke, dass die Freiheit für sie keinen Unterschied gemacht hätte, sie wäre immer eingesperrt gewesen, egal ob in seinem Keller oder in dem was ihr widerfahren war."

„Er hätte im Gefängnis weiterschreiben können."

„Was hätte er dort noch schreiben können? Er schrieb immer nur über das, was er selbst erlebt hatte, somit gab es keine andere Möglichkeit, als ihn weiter schreiben zu lassen, koste es was es wolle."

Ebenfalls erhältlich

Die Moral ist eine Hure
Eine Sammlung ungewöhnlicher Kurzgeschichten
Taschenbuch 2012
ISBN: 978-3-8482-1504-1

Hot Whiskey
Eine Reise nach Irland, die mehr kostet als sie verspricht.
Taschenbuch 2014
ISBN: 978-3-7386-0774-1

Simmering
Ein LokalKriminalRoman
Taschenbuch 2015
ISBN: 978-3-7386-0774-1

All inklusive
Ein Urlaubsroman mit Kriminalfaktor, Ungereimtheiten und anderen Verwicklungen; tägliche Animation inklusive!
Taschenbuch 2016
ISBN: 9-7838370-7717-1

Blutiger Schnee
Ein Trashroman
Taschenbuch 2016
ISBN: 978-3-8370-5600-6

Der Junggeselle
12 Erzählungen sowie eine Einleitung
Taschenbuch 2017
ISBN: 978-3-7448-3374-5

Absinth
Fünf dunkle Erzählungen
Taschenbuch 2017
ISBN: 978-3-7448-2953-3

Zweisitzercouch

Falks 40. Geburtstag steht bevor
Taschenbuch 2018
ISBN: 978-3-74604-317-3

Als gäbe es kein Morgen

Ein Episodenroman
Taschenbuch 2019
ISBN: 978-3-7412-7085-7

Der Versicherungsfall

Eine Satire
Taschenbuch 2020
ISBN: 978-3-7504-7122-4

Komplett

Die Schneidakrimis
Taschenbuch 2021
ISBN: 9783753498041

Die Corona Files

Die komplette Trilogie
Taschenbuch 2021
ISBN: 9783755752189

Verzicht

Das Buch zum gleichnamigen Album
Taschenbuch 2022
ISBN: 9783756222407

...erscheint im Frühling 2023:

1978

Falks 20. Geburtstag liegt hinter ihm
Taschenbuch 2023
:

erhältlich im Fachhandel und auf

www.girmindl.at